그대 어디서 왔다가
어디로 가는가

고승열전 17 효봉큰스님

그대 어디서 왔다가
어디로 가는가

윤청광 지음

우리출판사

윤 청 광

전남 영암 출생으로 동국대학교에서 영문학을 전공했고, MBC-TV 개국기념작품 공모에 소설 〈末島〉가 당선되었으며, MBC에서 〈오발탄〉〈신문고〉〈세계 속의 한국인〉 등을 집필했다. 그 동안 대한출판문화협회 상무이사·부회장·저작권대책위원장·한국방송작가협회 이사·감사·방송위원회 심의위원을 역임했고, 〈불교신문〉 논설위원을 거쳐 현재 〈법보신문〉 논설위원, 법정스님이 제창한 〈맑고 향기롭게 살아가기 운동〉 본부장, 출판연구소 이사장을 맡아 활동하고 있다. BBS 불교방송을 통해 〈고승열전〉을 장기간 집필했고, ≪불교를 알면 평생이 즐겁다≫ ≪불경과 성경 왜 이렇게 같을까≫ ≪회색 고무신≫ 등의 저서가 있으며, 기업체·단체 연수회에 초빙되어 특강을 통해 '더불어 사는 세상'을 가꾸고 있다.

BBS 인기방송프로
고승열전 17 효봉큰스님
그대 어디서 왔다가 어디로 가는가

2002년 10월 23일 개정판 1쇄 발행
2021년 11월 19일 개정판 3쇄 발행

지은이/윤청광
펴낸이/김동금
펴낸곳/우리출판사
등록/1988년 1월 21일 제9-139호
주소/03746 서울특별시 서대문구 경기대로9길 62
전화/(02)313-5047, 5056
팩스/(02)393-9696
E-mail/woribooks@hanmail.net
www.wooribooks.com

ISBN 89-7561-188-4 03810

책값은 뒷표지에 있습니다.

· 지은이와 협의하여 인지를 붙이지 않습니다.
· 잘못된 책은 본사나 구입하신 서점에서 바꾸어 드립니다.

살고 죽는 것을 벗어나고자 한다면 먼저 어떤 환경에도 흔들리지 말아야 한다.
가령 모든 부처님이 와서 맞이한다 할지라도 마음이 거기에 팔리지 않아야 한다. 무서운 악귀들이 나타나더라도 마음에 두려움이 없어야 한다.
이와 같이 된다면 그는 모든 법계에서 대자유를 얻어 어떤 일에도 거리낌이 없을 것이다.

-효봉스님 법어 중에서

차례

1
금강산에 찾아든 엿장수의 소원 / 15

2
석두스님이 내려준 화두 / 35

3
마셔봐야만 물맛을 아는 법 / 55

4
무자화두와 참선삼매 / 73

5
부처는 네 마음 안에 있으니 / 95

6
꿈속에 설법을 듣다 / 115

7
구산(九山)을 얻고 활구(活句)를 토하다 / 137

8
천 가지 만 가지 복을 가져오는 길 / 159

9
가야총림에서 빼앗긴 소 / 181

10
매화나무 종자를 가져오너라 / 199

11
뱃길따라 얻은 수행처 / 211

12
도인을 찾아온 키 작은 학생 / 225

13
세상만사 모든 일은 인과응보이니 / 243

14
불성있는 것 가운데 사람만이 지닌 효심 / 257

15
불교정화에 나서다 / 269

16
살아도 산 것이 아니요, 죽어도 죽은 것이 아닌 게야 / 279

내 폐허의 젊은 날을 메워준 스승

　백천만겁에 만나기 어려운 것이 법이거든 그 법으로서의 스승을 만나는 일이 어찌 쉬운 노릇이겠는가.
　나같은 풀잎의 신세에 지나지 않는 사람에게도 폐허의 젊은날 그런 스승을 만난 복으로서 내 운명의 궁핍을 메울 수 있었다.
　스승은 첫째 스승의 위엄 따위만을 내세우지 않았다. 때로는 신새벽 잠에 취한 나를 깨우는 목소리는 우렁우렁하는 준엄함이 있어도 언제나 아버님보다는 어머님 같았다. 아니, 어느 때는 어머님이라기보다 숫제 천진난만한 어린이 그것이었다.
　어찌 모를손가. 천진난만이야말로 참 스승인 것을!
　심지어는 제자 하나하나의 질병이나 기호까지도 잘 챙겨서 "너 다리 좀 나았니?" 하고 묻는 것이었고 "나물 한 가지만 먹지 말고 이것 저것 다 먹어야 네 법당이 온전하지?"라고 편식을 경계하는 것이었다.
　그런데도 이런 자상하기 짝이 없는 스승이 조선시대 이래의 대종장의 광휘를 뿜어대고 있어서 널리 그의 이름이 울려가지 않는 데 없었다.
　과연 스승은 새벽 봉우리로서 고대의 원효스님의 그 근본의 새벽을 이어서 오늘의 법통을 이었으니 이 한반도에 이만한 스승이 실재한 사실 하나가 얼마나 의미심장한 것인가.
　그 이름 효봉큰스님! 내가 이 스승을 은법사로 받들게 된 것은 그 무엇과도 바꿀 수 없는 영예인지라 아직도 내 가슴 밑바닥에는 스승이 가득차서 스승과의 일치를 지향하고 있다.
　스승에게는 실로 많은 전설이 있다. 그것 하나하나를 섬길 자리는 아니거니와 차라리 그런 전설이 없어도 스승 한 몸 자체만의 화신 앞에서 얼마나 황홀한 것인가.
　스승은 상좌도 몇 사람 두지 않았다. 그래서 다른 문중처럼 종단의 커다란 세력도 만들지 않았다. 나는 이 점을 아슬아슬하게 자랑하고자 한다.
　육조 남종선의 쟁쟁한 여러 가풍만 해도 그 이면에는 썩 좋아보이는 일만 있는 것도 아니고 그런 일은 그대로 우리 종가에도 내려온 것이 실정인데 그럴 때마다 나는 저 육조 혜능의 한 제자 영가의 법손 두절에 높은 뜻을 부여하기도 한다.
　그래서인가 스승의 제자들이 득실거리지 않는 것이야말로 법을 청정하게 하는 바탕이 아닌가 하는 생각도 한다.
　게다가 스승은 승속의 차별을 하지 않았다. 나한테도 "중생을 낮추지 마라. 중생을 낮추면 부처를 낮추는 일이야." 하고 한참 좌선맛을 들인 방자한 나에게 찾아오는 세속사람에 대한 예의범절을 가르쳤다.
　효봉큰스님!
　이 스승에 대해서 진지한 윤청광님이 그 일대기를 펴낸다고 하니 어찌 이를 반기지 않겠는가. 앞으로 좀 더 본격적인 효봉평전이나 효봉전이 나올 것을 기대하거니와 이번의 이 일대기 불사도 그런 과업에 부응함이 아니겠는가.
　정작 스승의 제자는 가만히 있는데 이런 발심으로 이 책이 나오게 되었으니 이 점이 여간 미안하지 않다.
　오늘밤은 내내 스승의 명호를 부르면서 밤하늘에 눈길을 보낼 따름이다.

시인　**高銀**

1
금강산에 찾아든 엿장수의 소원

  한여름의 뜨거운 태양 아래서도 녹음을 타고 울려 퍼지는 독경소리는 그칠줄 몰랐다. 산허리를 돌아 높이 올라 갈수록 낭랑해지는 독경소리는, 적막을 깨고 있다기보다는 오히려 깊은 산의 고요를 실감나게 해주었다. 또한 그것은, 멀리서 들려오는 뻐꾸기 소리와 함께 더위를 식혀주는 시원한 바람 같기도 했다.
  골을 타고 흐르는 은은한 독경소리를 쫓아 산길을 올라온 사내는 마침내 한 암자 앞에서 발걸음을 멈추었다. 강원도 고성군 외금강면 창대리에 자리잡은 신계사(神溪寺) 보운암(普雲庵). 독경소리는 이제 더할 수 없이 맑고 청아한 음색으로 암자 전체를 휩싸며 퍼져나오고 있었다. 큰 숨을 몇 번 들이 쉬고 뜰 안으로 들어서자 비로소 처마끝에서 울려오는 가느다란 풍경소리가 들렸다.

중년의 사내는 조심스럽게 발걸음을 옮겨갔다. 마당 한 켠에서는 한 사미승이 빗자루를 들고 마당을 쓸고 있었다.

등 뒤로 바짝 다가갔으나 아직 인기척을 못느낀 모양이었다.

"지나가던 과객, 말씀 좀 여쭙겠습니다."

흠칫 놀라서 뒤돌아보며 마주한 얼굴은 이제 열 두서넛이 됐을까 말까한 앳된 모습의 사미승이었다.

"누구시온데……무슨 일로 그러시옵니까요?"

사미승은 빗자루를 손에 쥔 채 구부렸던 허리를 펴면서 물었다.

"보시다시피 지나가던 엿장수이온데, 바로 이 절에 금강산 도인스님이 계신다기에……."

"금강산 도인스님요?"

사미승이 바라본 사내의 모습은 영락없는 엿장수의 그것이었다. 어깨에 멘 엿판 위에는 검고 넓적한 가위가 있었으며 머리에는 해어진 밀집모자를 걸치고 있었다. 입고 있는 하얀 베적삼은 땀으로 후줄근히 젖어 있었다. 엿장수가 멀고도 험한 첩첩산중에 와서 조실(祖室)스님을 만나겠다고 하니, 사미승은 의아해하지 않을 수 없었다.

"아니 그럼, 석자, 두자, 우리 조실스님을 뵈러 왔단 말입니까?"

"예, 바로 그 석두스님을 좀 뵈었으면 해서요."

엿장수 사내는 석두(石頭)스님을 찾아서 이곳까지 왔던 것이다.

'금강산 도인스님'으로 통하는 석두화상(石頭和尙)은 신계사 조실로 줄곧 이곳 보운암에 머물고 있었다.

"대체 무슨 일로 우리 조실스님을 뵙겠다는 겁니까?"

"예, 그건 저…… 만나뵙고 긴히 드릴 말씀이 있어서요……."

엿장수 사내는 어린 사미승의 물음에 깍듯한 존대말로 답하고 있었다. 소매깃으로 이마에 흐르는 땀을 훔쳐내는 그의 얼굴에는 엷은 미소가 감돌고 있었다. 비록 차림새는 엿장수 임에 틀림없으나 볼일이 있어도 단단히 볼일이 있는 모양이었다. 그윽한 눈매가 그것을 말해주고 있었다. 사미승은 더 이상 캐묻지 않고 요사체(寮舍體) 쪽을 가리켰다.

"그러세요? 그러면 저기 저 큰방으로 가보시지요."

"예, 감사합니다. 스님."

엿장수 사내는 꾸벅 고개를 숙이고 몸을 돌렸다. 그리고는 두어 걸음 발길을 옮기다가 사미승이 부르는 소리에 우뚝 멈춰섰다.

"여, 여보세요."

"예?"

"아니, 그 엿판을 짊어진 채……그대로 우리 조실스님을 만나뵐 작정이십니까?"

뒤돌아선 사내는 자신의 어깨에 메고 있던 엿판을 돌아다 보았다.

"아이구 참, 그렇군요. 그러면 여기에 좀 내려놓겠습니다."
 멜빵을 풀어 엿판을 뜰 위에 내려놓은 중년의 엿장수는 한 손에 밀짚모자를 벗어들고 땀을 닦았다. 헝클어진 머리결도 몇 번 쓸어 넘겨 보았다. 그리고는 조심스럽게 발걸음을 옮겨 큰방 앞으로 다가갔다. 댓돌 위에는 세 켤레의 신발이 가지런히 놓여 있었다.
 "지나가던 과객, 문안드리옵니다."
 댓돌 앞에 두 발을 모은 사내는 조심스럽게 입을 열었다. 조금 있다가 방안에서 목소리가 들려왔다.
 "밖에 누가 오셨는가?"
 "예, 저 소인, 석두스님을 만나뵈려고 찾아왔사옵니다."
 "어디서 오셨는고?"
 "예, 유점사에서 오는 길이옵니다."
 "유점사에서?"
 "예."
 유점사(楡岾寺)는 인도에서 조성됐다는 53불(五十三佛)이 모셔져 있는 절이었다. 그 53불이 인도로부터 신룡(神龍)에 의해 안창현 포구에 도착한 것을 고을 군수가 이상하게 여겨 창건했다고 전해지는 유서깊은 고찰(古刹)이었다. 엿장수 사내는 유점사에서 하룻밤을 묵은 뒤 날이 밝자마자 길을 나서, 협곡을 가로지르고 절벽을 오르내리며 이곳 신계사 보운암에 도착했던 것이다.

"들어오시오."
"예, 감사합니다."
사내는 문을 열고 방 안으로 들어섰다. 큰 방에서는 노스님 세 분이 둘러 앉아 법담을 나누고 있다가 낯선 사내에게 시선을 모았다. 엿장수 사내는 방안에 들어서자마자 넙죽 큰절을 올렸다. 물론, 어느 분이 '금강산 도인스님'인지는 알 수 없었다.
"그래, 유점사에서 오는 길이라고 하셨던가?"
가운데 앉아있는 노스님이 물었다.
"예, 그러하옵니다."
대답을 듣고나서, 노스님은 사내에게 손짓을 하며 가까이 다가앉으라고 일렀다. 가까이 앉아서 바라본 노스님의 흰 눈썹은 유난히 길었다. 앉은키로 보아 키가 육 척(尺)은 될 것 같았다. 얼굴은 야위었으나 초라해 보이지 않았고 단정했다. 노스님은 가부좌한 채 아무 말없이 낯선 사내의 얼굴만 찬찬히 뜯어보고 있었다. 양 옆에 앉아있는 두 노스님들도 아무말이 없었다. 잠깐동안의 침묵을 깨고 역시 가운데 앉은 노스님이 다시 말문을 열었다.
"그렇다면 유점사에서 여기까지는 몇 걸음에 왔던고?"
순간, 엿장수 사내는 목뼈를 곧추세웠다.
"예에?"
"유점사에서 이곳까지 몇 걸음에 왔느냐고 물었네."

난감한 질문이 아닐 수 없었다. 다시 바라본 노스님의 표정은 천연덕스럽기까지 했다. 사내는 머뭇거렸지만, 그러나 그것은 잠깐뿐이었다.

"아, 예……"

엿장수 사내는 정신을 차려 대답하는가 싶더니 자리에서 벌떡 일어났다. 그리고는 아무말 없이 성큼성큼 걸어서 방안을 한 바퀴 돌고 나서 앉았던 자리로 돌아와 무릎을 꿇고 말했다.

"바로 이렇게 왔습니다, 스님."

뜻밖의 대답이었다. 양 옆에 앉아서 이를 지켜보고 있던 두 스님은 서로의 얼굴만 쳐다볼 뿐 한동안 말이 없었다. 가운데 앉아서 질문을 던졌던 노스님도 다만 고개를 끄덕일뿐 입을 열지 않았다. 잠시 동안의 침묵이 흘렀다. 사내는 당당한 자세로 정면을 응시하고 있었다. 마침내 한 노스님이 고개를 뒤로 젖히며 웃음을 터뜨리기 시작했다.

"허허허, 이 사람 이거…… 십 년 공부한 수좌보다 낫네 그려 응? 허허허……그래, 자네 유점사에서 오는 길이라고 했겠다?"

"그러하옵니다."

사내는 질문을 던진 스님 쪽으로 고개를 약간 돌리며 대답했다. 스님은 시종 웃음기 머금은 표정으로 질문을 계속했다.

"그러면 유점사에서는 얼마나 공부를 했었던고?"

"유점사에서는 하룻밤 신세를 지고 왔을 뿐이옵니다."

"무엇이? 하룻 밤……?"

"예."

입가에 야릇한 미소를 지은 채 묻던 스님은, 이내 놀라운 표정을 지어보였다. 두 눈을 크게 뜨고 다시 한번 사내의 얼굴을 훑어보고 있었다. 행동으로 보아 적어도 몇 년 동안은 절밥을 먹은 수행자라고 생각했던 것이다. 넓은 방안에는 다시 한번 침묵이 흘렀다. 가운데 앉아서 그저 고개만 끄덕이고 있던 노스님이 천천히 입을 열었다.

"그러면 그 전에는 어디서 무엇을 했단 말인고?"

"팔도강산을 떠돌아 다니면서 엿장수를 했사옵니다."

엿장수 노릇을 했다는 대답을 듣고나서, 옆에 앉았던 스님은 다시 놀라며 끼어 들었다.

"무엇이라구? 엿장수?"

"예."

사내의 목소리에는 힘이 실려 있었고 표정 또한 태연했다. 사내의 얼굴은 다시 가운데로 향했다.

"대체 나를 찾아온 까닭이 무엇인고?"

엿장수 사내는 비로소 가운데 앉아있는 분이 석두스님이라는 걸 알아 차렸다. 석두스님은 가부좌한 채로 그윽한 눈매로 사내를 바라보고 있었다.
 "스님의 문하에서 도 닦는 공부를 하고자 하옵니다. 허락하여 주십시오."
 사내는 두 손바닥을 마주 잡으며 더욱 공손한 말투로 대답을 하고는 고개를 숙였다. 석두스님은 더 이상 말을 잇지않고 사내의 얼굴만 쳐다보고 있었다. 그러자 옆에 있던 스님이 다시 나섰다. 여전히 놀란 표정과 말투였다.
 "무엇이라구? 석두스님 밑에서 도를 닦고 싶다구?"
 "예, 그러하옵니다. 스님."
 "허허허허, 이 사람 이거, 보통은 넘는다 싶더니만 갈수록 태산이로구먼 그래, 응? 허허허허……아니, 자네 엿장수라고 하지 않았는가?"
 "예."
 "그런데 이제 그 나이로 중이 되겠단 말인가?"
 "예, 승려가 되고 싶습니다."
 옆에 앉은 노스님과 엿장수 사내의 얘기를 듣고 있던 석두스님이 조용히 입을 열었다. 낮은 음성이지만 맑은 목소리였다.
 "여보게."
 "예."
 "중은 아무나 되는 게 아니라네."

"예에?"
"오늘은 날이 저물었으니 그만 객실에 가서 쉬도록 하게."
"예에?"
엿장수 사내는 놀라는 표정을 지을 뿐, 더 이상 아무 말도 하지 못했다. 석두스님 또한 사내의 놀란 표정에는 아랑곳하지 않고 입을 다물어 버렸다. 방을 나가는 사내의 뒷모습을 바라보며 석두스님은 고개를 끄덕이다가 이내 두 눈을 지그시 감았다.
어느새 해는 서산을 넘어간 뒤였고, 저 멀리 산마루까지 땅거미가 올라가 있었다. 골을 타고 흐르던 독경소리도 그치고 이제는 풍경소리만이 깊은 산의 적막을 준비하고 있었다.

아침공양을 마치고 얼마나 지났을까. 금강산의 햇빛은, 이제 막 보운암의 추녀끝에 매달려 아래로 내려오고 있었다.
"저……조실스님, 조실스님."
사미승의 목소리였다.
"무슨 일이던고?"
"예, 저……객실에 든 엿장수 말씀입니다요, 스님."
"그래, 그 엿장수가 어쨌다는 말이더냐?"
"예, 저……떠날 생각은 않고 조실스님을 다시 꼭 뵙겠다고 합니다요……."

사미승의 목소리는 다소 떨리고 있는 것 같았다. 마치 객실에 사람 들고나는 것이 자신의 책임이라도 되는 것처럼. 그래서, 못다한 책임에 대해 스스로 안타까움을 느끼고 있는 듯한, 그러한 목소리였다. 그러나 석두스님의 대답은 태연하고도 냉정했다.
"그 사람은 그리 쉬이 떠날 사람이 아니다."
"예에? 하오면 그 엿장수를 어찌할까요, 스님?"
"내 방으로 데려오너라."
"아니 그럼, 그 엿장수를 또 만나주시려구요. 스님?"
"어서 데려오래두 그러는구나!"
"아,⋯⋯예. 분부대로 하겠사옵니다, 스님."
놀란 사미승은 곧바로 객실로 달려와 엿장수 사내를 불렀다. 사내는 다시 한 번 석두스님과 마주 앉게 되었다. 어제 저녁때와는 달리 석두스님과 엿장수 사내, 단 두 사람 뿐이었다. 은은한 풍경소리가 침묵의 공기를 흔들어주고 있었다.
"자네 나이가 마흔이 가까웠지, 아마?"
"예, 서른 여덟이옵니다."
"⋯⋯서른 여덟이라? ⋯⋯."
"예."
사내의 대답을 듣고나서 석두스님은 한참동안 아무 말이 없었다. 사내의 얼굴만 쳐다볼 뿐이었다. 엿장수 사내 역시 정면을 응시하

고 있을 뿐, 자신의 대답에 토를 달지 않았다. 석두스님이 다시 입을 열었다.

"그 나이에도 불구하고 기어이 중이 되고 싶은가?"

"예."

짧고도 힘이 실려있는 대답이었다.

"까닭은 묻지 않겠네만, 기어이 중이 되고 싶단 말이지?"

"예."

사내의 대답이 떨어지자마자, 석두스님은 자리를 털고 일어났다.

"그럼 어디……나하고 밖에 좀 나가 볼까?"

"예."

사내는 아무말 없이 노스님의 뒤를 따랐다. 금강산 도인 석두스님은 서른 여덟의 나이로 뒤늦게 삭발출가하겠다고 찾아온 엿장수 사내를 데리고 절 밖으로 나갔다. 산문(山門) 밖에는 다랭이논이 있었다. 다랭이 논에는 푸른 벼포기가 한창 자라나고 있었다. 석두스님은 논두렁을 따라 걷기 시작했다. 엿장수 사내는 묵묵히 뒤를 따랐다. 논두렁 한가운데에 이르러 석두스님은 발걸음을 멈추었다. 뒤따르던 사내도 멈추어 섰다. 갑자기 걸음을 멈춘 석두스님은 사내를 향해 몸을 돌리고는 소매춤에서 무언가를 꺼내 들었다.

"여기 이걸 보게."

"예에?"

"내 손가락 끝에 쥐고있는 이것이 무엇인고?"
석두스님은 쌈지에서 바늘 하나를 꺼내들고 사내에게 묻고 있었다. 바느질할 때 쓰는 바늘이 분명했다. 엿장수 사내는 얼른 대답을 못하고 머뭇거리고 있었다.
"……."
석두스님은 바늘을 사내의 눈앞에까지 들이밀며 다시 한 번 물었다.
"이것이 대체 무엇인고?"
그때서야 사내가 대답했다.
"예, 바늘이옵니다, 스님."
"분명히 바늘이지?"
"예."
"똑똑히 보았겠지?"
"……예."
조그마한 바늘 하나를 꺼내들고 무얼하자는 것인지 사내는 도무지 짐작을 할 수가 없었다.
"자, 그러면 이제 두 눈을 감게."
"예에?"
"자네가 눈을 감으면 내가 이 바늘을 논 가운데에 던질 것이니……두 눈을 꼭 감아!"

"예에?"

"허허, 어서 두 눈을 감으래두!"

영문을 모른 채 눈만 꿈벅거리고 있는 엿장수 사내에게 석두스님은 자못 꾸짖는 표정으로 다그치고 있었다.

"아, 예…… 감았습니다. 스님."

사내는 얼굴을 하늘로 향하고 두 눈을 감았다. 여름 햇살이 따갑게 내리쬐고 있었다. 한참있다가 에잇! 하는 석두스님의 목소리가 들려왔다. 아마도 손에 들고 있던 바늘을 던지는 모양이었다.

"자, 이제 두 눈을 뜨게. 그리고 내가 방금 이 논에다 던진 바늘을 찾아오게."

"예에? 아니 저더러 이 넓은 논에서 그 바늘을 찾으라구요?"

어이가 없었다. 두 눈을 뜬 사내는 멍하니 석두스님의 얼굴만 쳐다보고 있었다.

"바늘을 찾아오면 자네 소원대로 중을 만들어 주겠네."

"예에?"

사내는 더 이상 아무말도 하지 못하고 논두렁에 멍하니 서 있었다. 사내가 정신을 차리고 고개를 돌렸을 때, 석두스님은 뒷짐을 진 채 태연한 걸음으로 논두렁을 벗어나고 있었다. 석두스님이 산문으로 들어선 뒤에도, 엿장수 사내는 한참동안이나 논두렁에 그대로 서 있었다. 벼가 한창 자라고 있는 물논에 바늘 하나를 던져놓고 그 바늘을 찾아오라는 것이었으니, 벼포기가 자란 논바닥을 바라보고 있는 사내의 심정이야말로 막막한 게 당연했다.
 기가 막힐 노릇이었지만, 엿장수 사내는 바지 가랑이와 소매를 걷어부치고 논으로 들어갔다. 그리고는 가까운 곳에서부터 샅샅이 논바닥을 뒤지기 시작했다. 나중에는 옷을 홀랑 벗어던진 채 벼포기를 헤치며 뒤져나갔다. 한여름의 뜨거운 햇빛은 사내의 구부러진 등짝에 여지없이 내리꽂히고 있었다.
 바늘을 찾는 일은 엿장수 사내가 스님이 되는 길이며, 석두스님의 제자가 되어 도인이 되는 길이다. 논바닥에 던져진 조그만 바늘 하나가, 적어도 사내에게는 그런 물건이었다. 엿장수 사내는 오로지 바늘 찾는 일에 모든 것을 맡긴 사람 같았다.
 사내가 바늘을 찾기 시작한 지 사흘째 되는 날 밤이었다. 큰방에서는 호롱불을 사이에 두고 석두스님과 노스님이 마주앉아 밤이 깊도록 법담을 나누고 있었다.
 "……세상에 이거야 원, ……나이가 너무 많아서 중노릇 시작하기에는 애시당초 글렀으니 일찌감치 돌아가서 하던 엿장수 노릇이나 계속하라고 좋은 말로 타일러 보낼 것이지……거 공연한 헛고생을 시키시우 그래?"
 노스님은 사내의 행동을 안타까워하고 있었다. 또한 석두스님의 처사를 나무라고 있는 것 같기도 했다. 그러나 석두스님은 태연했

다. 석두스님의 대답은 짐짓 능청스럽기까지 했다.
 "헛고생이 될지 안 될지는 더 두고 봐야지요. 기어이 바늘을 찾겠다고 사흘낮, 사흘밤째 찾고 있다니까요……."
 "허허, 나원 참. 그 엿장수 고집도 어지간하구먼 그래, 그 질편한 물논에서 바늘을 어떻게 찾는다고 그런 고생을 해? 나 같으면 중노릇 안 하고 말지 그 짓은 못하겠다! 내가 오늘밤에는 얘기해 주는 게 좋겠구먼……중되기 틀렸으니 어서 엿판 메고 떠나라구 말이야……."
 노스님의 목소리는 점점 높아져 갔다. 어이없다는 듯이 웃기도 하다가 혀를 끌끌 차기도 했다. 한참동안 혼잣말을 하듯이 중얼거렸다. 노스님의 얘기를 듣는지 마는지 석두스님은 그저 고개만 끄덕이며 앉아있을 뿐이었다. 오늘까지 엿장수 사내는 꼬박 사흘 동안 물논에서 바늘을 찾아 헤매고 있었다. 밤이 깊어 보운암에 머물고 있는 스님들은 모두 잠든 시각이었다. 사미승의 거처에도 불이 꺼져 있었다.
 바로 그때였다. 인기척이 나는가 싶더니 다급한 목소리가 들려왔다. 문밖에서 부르는 소리였다.
 "스님, 스님. 주무십니까? 스님? 스님……."
 "아니, 이 깊은 밤중에 누가 무슨 일로 나를 찾는고?"
 "소생이옵니다, 스님. 엿장수이옵니다."

사내의 목소리는 흥분되어 있었다. 그러나 석두스님은 오히려 목소리를 차분히 가라앉히고 문밖에 대고 타이르듯 말했다.
"떠나려거든 날이나 밝거든 떠나도록 하게."
"아, 아니옵니다 스님. 바……바늘을 찾아냈습니다, 스님!"
옆에 앉아있던 노스님은 급히 방문을 열었다.
"무, 무엇이……? 바늘을 찾았다구?"
"예, 여기 있습니다. 그 바늘을 찾았습니다."
엿장수 사내는 온몸이 뻘투성이가 된 채로 방문 앞에 서 있었다. 과연 흙으로 뒤범벅이 된 사내의 손끝에는 물논에서 건져낸 바늘이 호롱불에 반사되어 희미하게 빛을 발하고 있었다. 엿장수 사내에게 그것은, 옷을 꿰매는데 쓰는 쇠붙이가 아니라 이 세상에서 가장 값진 보물과도 같은 것이었다.
두 눈을 감겨놓고, 다랭이논에 집어던진 바늘 하나. 사흘 만에 사내는 그 바늘을 찾아왔으니, 금강산 도인 석두스님도 더 이상 할 말이 없었다.
다음날, 날이 밝는대로 석두스님은 중년의 엿장수를 정중히 불러 앉혔다. 마주한 사내의 얼굴은 바늘을 찾았을 때의 기쁨이 채 가시지 않은 듯했다.
"내가 약조를 했거니와, 자네를 중으로 만들어 주겠네."
"……감사하옵니다, 스님."

비록 속으로나마 사내는 깊은 안도의 숨을 내쉬고 있었다.
"나이는 서른 여덟이라고 했거늘, 태생은 어디던고?"
서른 여덟의 나이와 엿장수라는 사실만을 알고 있던 석두스님은 궁금한 것을 하나씩 묻기 시작했다. 사내 역시 묻는 말에 차근차근 대답해 나갔다.
"평안도 어디라고만 알 뿐, 자세한 것은 모르옵니다."
"아니, 어떻게해서 자기 고향도 모른단 말인가?"
"말씀드리기 부끄럽습니다만, 워낙 일찍이 부모님을 여읜 탓으로 성씨는 이가요 이름이 원명이라는 것만 알고 있을 뿐, 그 외에는 아무것도 모르옵니다."
"아니 그러면…… 부모님 함자도 모른단 말이던가?"
"예. 워낙 어렸을 적에 객지로 나와 남의 집 머슴도 살고 엿장수도 하고 그러면서 사느라고 아무것도 모르옵니다."
"그러면 글공부는 어디서 했는고?"
"그, 글공부라니요? 그……글공부는 못했습니다요, 스님."
사내의 말 속에는 무언가 숨기고 있는 구석이 있는 것 같았다. 석두스님은 고개를 갸우뚱거리며 사내의 얼굴을 빤히 쳐다보았다.
"그럴 리가 없는데……?"
"남들이 공부하는 걸 어깨너머로 구경을 해서 글자는 몇 자 알고 있습니다, 스님."

석두스님은 여전히 고개를 갸우뚱거리고 있었다. 그러더니 고개를 뒤로 젖히면서 너털웃음을 터뜨렸다.
"허허허허……그러면 그동안 머슴살이, 엿장수만 해왔단 말이던가?"
"거……걸인 노릇도 하고 그랬습지요."
"그렇다면 성명은 이원명이 틀림없는가?"
"틀림없습니다, 스님."
석두스님은 한참동안 말이 없었다. 손가락으로 염주를 굴리면서 사내의 얼굴을 바라보다가 이따금씩 허공으로 시선을 보내고 있었다. 중년의 엿장수 이원명(李元明) 또한 묵묵히 앉아있을 뿐이었다. 마침내 석두스님은 헛기침을 한번 하고 나서 다시 입을 열었다.
"내 그대의 고향이 평안도건 함경도건, 학식이 있건 없건, 머슴살이 엿장수를 했건 안 했건, 걸인노릇을 했건……이미 그대는 십년 공부한 수좌보다 심지가 곧으니 오늘부터는 내 문하에서 머물도록 허락하겠네."
"……감사하옵니다 스님, 감사하옵니다."
사내는 석두스님의 얼굴을 한번 쳐다보고 나서 깊이 머리를 숙였다.
"여봐라! 밖에 시자 있느냐?"

　석두스님은 방문에 대고 시자(侍者)를 불렀다. 밖에 있던 사미승이 방안으로 들어섰다.
　"내 오늘 이 사람 머리를 깎을 것인 즉, 삭도와 가위를 준비해 오너라."
　사미승은 초롱초롱한 눈을 더 크게 뜨며 놀라와했다.
　"……아니 스님, 그러면 이 엿장수 처사님을 스님 만드시게요?"
　석두스님은 문앞에 서 있는 사미승에게 타이르듯 말했다. 다소 근엄한 목소리였다.
　"앞으로는 엿장수, 엿장수 해서는 안 될 것이야. 법명을 배울 학(學)자, 어눌할 눌(訥)자로 할 것이니 학눌수좌라고 불러야 할 것이니라……."
　사미승은 혼잣말을 하듯이 읊조렸다.
　"학, 눌, 수좌요……?"
　이렇게 해서 엿장수 사내는 마침내 삭발출가의 뜻을 이루었다. 1925년 음력 칠월 초여드레의 일이었다. 그러나 자신의 이름을 이원명(李元明)이라고 밝힌 엿장수 사내의 본명은 사실은 이찬형(李燦亨)이었다. 조실부모했다는 것도 거짓말이었으며 어릴적부터 떠돌이 생활을 했다는 것도 사실과는 달랐다. 엿장수 노릇을 한 것은 사실이었으나 그 기간은 불과 최근의 몇 년 동안 뿐이었다. 남의집 머슴살이를 했다는 것도, 걸인생활을 했다는 것도 모두 거짓이었다. 그는 유복한 가정에서 태어난 화려한 경력의 소유자였다.
 평안남도 양덕군 쌍룡면 반성리. 이찬형은 수안 이씨 부잣집의 오남매 가운데 삼남으로 태어났다. 어렸을 때부터 신동(神童)으로 불릴 만큼 재능이 뛰어났다. 그는 평양고등보통학교를 거쳐 일본에 유학, 와세다대학 법학부를 졸업하고 국내에 돌아와 법관생활을 시작했다. 십 여년 동안 그는 서울지방법원, 함흥지방법원 등지로 근무지를 옮기며 법조계에 투신하고 있었다. 엿판을 메고 전국각처를 떠돌며 방랑생활을 하기 전까지, 불과 삼 년 전만 하더라도 이찬형은 평양복심법원(平壤覆審法院)의 판사였다.
 이찬형은 자신의 과거행적을 감쪽같이 숨긴 채 떠돌이 엿장수 이원명으로 행세하며 금강산 신계사 보운암에 당도했던 것이다. 그리고 드디어는 석두스님의 제자가 되어 삭발출가하겠다는 원(願)을 이룬 셈이었다. 엿장수 행세를 하면서 고향도 본명도 학력도 경력도 감쪽같이 숨긴 것은, 결국 화려한 판사의 법복을 벗어던지고 부처님의 법복으로 바꾸어 입기위한 하나의 방편(方便)이었다.

2
석두스님이 내려준 화두

　마침내 엿장수 사내는 서른 여덟의 나이에 '학눌(學訥)'이라는 법명을 얻었다. 본격적인 수행생활이 시작되었지만 학눌수좌는 자신의 과거를 사실대로 털어놓지 않았다. 그러던 어느 날이었다. 노스님 한 분이 학눌을 불러 앉혔다.
　"여보게, 학눌수좌."
　"예, 스님."
　"자네, 정말로 고향도 모르는가?"
　"예, 평안도 어디라고만 알 뿐입니다."
　"정말로 조실부모 했어?"
　"예."
　"정말로 구걸도 하고 머슴도 살고 엿장수를 했단 말이지?"

"예, 정말입니다. 엿장수를 했습니다."

노스님은 질문을 하고 대답을 듣는 동안 내내 학눌의 눈에서 시선을 떼지 않았다. 그러나 학눌의 답변은 변함이 없었고, 눈동자 또한 조금도 흔들리지 않았다. 눈싸움이라도 하듯이 빤히 쳐다보고 있던 노스님은 자세를 고쳐 앉으면서 말했다.

"그럼 말야……정말인지 거짓말인지 어디 엿장수 가위질을 한 번 해보게. ……자, 가위는 여기 있네."

노스님은 어느새 가위까지 준비해놓고 있었다.

"그, 그러지요."

학눌은 주저하지 않고 가위를 잡았다. 자리에서 일어나더니 목청을 가다듬고 가위질을 시작했다. 챙 츠츠츠 챙챙! 챙 츠츠츠 챙챙!

"엿사려어 엿! 헌고무신이나 놋숟가락 부러진 것, 뺑꾸난 솥단지나 찌그러진 냄비…….”

챙 츠츠츠 챙챙! 챙 츠츠츠……학눌은 빙글빙글 돌면서 가위질 장단에 맞춰 신바람나게 타령을 해댔다. 시간이 지날수록 몸놀림은 부드러워져 갔다. 가위질 소리와 함께 내뱉는 구성진 가락은 틀림없는 엿장수의 그것이었다. 바라보고 있던 노스님의 어깨도 저절로 들썩이는 것 같았다. 그제서야 노스님은 고개를 뒤로 젖혔다. 마음껏 웃는 모양이었다.

"허허……허허……영락없는 진짜배기 엿장수일세 그려 응, 허

허허허……진짜배기 엿장수 솜씨야, 엿장수……허허허허…….”
　가위질 소리는 그칠줄 몰랐다. 학눌수좌는 더 구성진 목소리로 엿장수 타령을 뽑아내고 있었다. 챙 츠츠츠 챙챙! 챙 츠츠츠 챙챙!
　"엿사려어 엿!……놋숟가락 부러진 것은 엿이 한 가락, 찌그러진 냄비는 두 가락, 빵꾸난 솥단지는 열 가락이요오……손가락보다 탐스런 엿가락이요오….”
　노스님은 입가에 굵은 주름살이 잡히도록 웃고 있었다. 누런 치아가 마음껏 드러났다. 모처럼 어린시절의 일들을 떠올리고 있는지도 모를 일이었다.
　서른 여덟이라는 중년의 나이에 삭발 출가한 학눌수좌는 스스로 늦깎이임을 인정하고 있던 터라, 절 집안의 살림살이를 자청해서 맡았다. 산에서 땔나무를 해오기도 하고 아궁이에 불을 지피는가 하면, 반찬거리를 만들기도 하고 여러 가지 허드레 일을 앞장서서 맡았다. 그러던 어느 날이었다. 학눌은 수각에 엎드려서 흐르는 물에 채소를 씻고 있었다.
　"저, 엿장수 수좌님.”
　사미승의 목소리였다. 석두스님이 학눌이라는 법명을 내렸건만, 사미승은 여전히 엿장수 수좌로 부르고 있었다.
　"으음? 왜 그러시는가?”
　채소씻던 손을 멈추고 학눌은 고개를 들었다. 가까이 다가온 사미숭은 채소가 담긴 소쿠리를 끌어당기며 말했다.

"채소는 소승이 씻을 터이니 들어가셔서 공부나 하시지요."

"아, 아닐쎄. 스님께서 이르시기를 행주좌와 어묵동정, 그 모든 것이 수행이요 공부라 하셨으니, 여기서 이렇게 채소를 씻는 것도 공부가 아니겠는가?"

행주좌와(行住坐臥) 어묵동정(語黙動静). 걷거나 서거나 앉거나 눕거나, 말하거나 말없거나 움직이거나 가만히 있거나……학눌은 석두스님의 한 마디 말씀도 소홀히 하지 않았다. 사미숭의 말이 고마웠지만 학눌은 채소그릇을 다시 빼앗아 씻기 시작했다.

"그래도 그렇지요. 이제는 절집안에 들어오셨으니 스님되는 공부부터 해야할 게 아니겠습니까?"

"스님되는 공부라니? 그런 공부가 어디 따로 있단 말이던가?"

"그럼요. 목탁도 칠줄 알아야하고 염불도 해야되고, 그러자면 경부터 줄줄 외워야 합지요."

"일러줘서 고맙네. 허지만 기왕에 중이 되려면 아궁이에 불지피는 법부터 배워야하고, 채소 씻는 것부터 익혀야하고, 땔나무부터 해올줄 알아야 할 것이 아닌가? 나는 우선 절집안의 법도부터 배우고자하니 자네가 잘 좀 가르쳐 주시게."

사미숭은 재미있다는 듯이 헤헤 웃었다. 그리고는 겸연쩍은 표정을 지으며 물었다.

"……그럼 정말로 소승한테 배우시겠습니까?"

"암, 배워야하고 말고……."

"소승은 아직 나이가 어린데두요?"

"옛 말씀에 이르시기를, 여든 잡순 할아버지도 세 살 먹은 손자한테 배울 것이 있다고 그랬네."

"그러시다면, 우선 채소 씻는 법부터 배우셔야 하겠습니다요."

"채소 씻는 법이라? 그, 그러세……."

"채소를 주물러서 씻으면 더운 물에 데쳤을 때 죽탕이 되어버립니다요."

"죽탕이 된다구?"

"그럼요. 채소는 살짝살짝 여러번 헹구어서 씻어야지, 손으로 마구 주물러 씻으면 안 됩니다요."

사미승은 자신이 씻은 채소와 학눌이 씻은 채소를 양 손에 들어보이며 말했다. 사미승의 얼굴은 웃음으로 가득차 있었다.

"자, 이것 보십시오. 소승이 씻어낸 채소는 이렇게 싱싱하지만 수좌님이 씻은 것은 벌써 추욱 늘어졌잖습니까요?"

"정말 좋은 것을 가르쳐줘서 한 가지 잘 배웠네. 응? 허허허……."

서른 여덟의 나이에 초발심(初發心)을 한 학눌으로서는, 절집안의 살림살이를 익히는 것이 쉬운 일은 아니었다. 더구나 지금껏 살아오면서 부엌살림이라고는 해 본 적이 없는 학눌이었다. 그러나 학눌은 궂은 일을 마다않고 살림을 꾸려 나갔다. 그러던 어느 날이었다.
"부르셨사옵니까, 스님?"
학눌은 방문을 열고 들어갔다. 큰방에는 석두스님과 노스님이 앉아 있었다.
"허허⋯⋯그만, 그만⋯⋯절은 한 번만 하면 될 것이야."
석두스님은 손을 저으며 말했지만, 학눌은 공손히 절 삼배를 올렸다. 옆에 앉아있던 노스님이 학눌을 불렀다.
"여보게, 엿장수 수좌."
"예."
"자네 분명히 엿장수를 했다고 그랬겠다?"
"예."
"내 그럼 한 가지 묻겠으니, 어디 한번 일러보시게."
"예."
노스님은 앉은 채로 학눌 앞으로 다가앉았다. 그리고는 얼굴을 빤히 들여다보면서 물었다.
"엿장수를 해서 과연 무엇을 얻었는고?"
"예에?"
"엿장수를 해서 과연 무엇을 얼마나 얻었는지, 그 얻은 바를 자

세히 한번 일러보라는 말씀이네."
 노스님의 눈빛은 호기심으로 가득차 있었다. 급작스런 질문에 학눌은 한동안 말이 없더니, 몸을 추수리고 나서 목청을 가다듬었다.
 "아, 예……스님들께서 소승의 얼굴을 들여다 보시면 얼마나 크고 값진 보물을 얻었는지 아시리라 믿사옵니다."
 학눌은 고개를 들어 석두스님과 노스님을 번갈아 보면서 말했다. 노스님이 반문했다.
 "무엇이라구? 자네 얼굴을 들여다보면 알 것이라구……?"
 "그렇사옵니다. 엿장수를 하면서 방랑천하 끝에 대장부 가야할 길을 비로소 찾았으니, 이보다 더 크고 값진 보물을 어디서 또 얻을 수 있겠습니까?"
 학눌의 목소리는 조금도 떨리지 않았고, 그의 대답에는 자신감이 넘치고 있었다. 대답을 마친 학눌은 곧은 자세로 앉아서 정면을 응시하고 있었다. 앞으로 또 어떤 질문을 받는다 하더라도 자신있게 대답할 수 있다는 태도 같았다.
 학눌과 노스님의 얘기를 듣고 있던 석두스님이 마침내 큰 웃음을 터뜨렸다.
 "하하하하……하하하하……. 이 대답을 듣고도 더 물으실 것이 있으시겠소?"
 석두스님은 노스님을 향해 돌아 앉으며 말했다. 노스님은 한 손을 내저었다.
 "아, 아니올시다 스님. ······이 수좌는 대면 첫날에 십 년 공부한 수좌보다 앞서 있었고, 오늘은 또다시 이십 년 공부한 수좌의 경지를 보여주었으니 다시 무엇을 더 묻겠습니까?"
 노스님의 대답이 끝난 뒤에도 석두스님의 입가에 감도는 미소는 사라질 줄 몰랐다. 무엇보다도 학눌의 시원스런 대답에 흡족해하고 있는 것 같았다. 여전히 미소를 머금은 채, 석두스님은 눈길을 학눌에게 돌렸다.
 "내 그대에게 선방에 들 것을 허락할 것이니 내일부터는 선방에 들라!"
 "감사하옵니다, 스님."
 꼿꼿이 앉아있던 학눌은 비로소 머리를 숙였다. 노스님도 더 이상 말을 잇지않고 고개만 끄덕이고 있었다. 석두스님의 말씀에 공감하고 있다는 표시였다.
 서른 여덟 살의 늦깍이 제자 학눌에게 선방에 들어갈 것을 허락하면서, 금강산 도인 석두스님이 내려준 화두(話頭)는 없을 '무자(無字)'였다.
 "없을 무자, 이 한 글자 속에 모든 것이 다 들어 있음이니, ······ 어찌하여 사람은 태어나는가, 어찌하여 사람은 늙고 병들고 죽어가는가, 어찌하여 미움이 생기고 어찌하여 사랑이 생기는가, 이 세상

　모든 이치가 바로 이 무자 화두 한 글자를 타파하면 훤히 보일 것이니, 일구월심 이 무자 화두를 깨우쳐야 할 것이야……."
　"예, 스님. 명심하겠습니다."
　다른 스님들보다 뒤늦게 출가한 사실을 뼈저리게 느끼고 있던 학눌은 스승이 내려준 화두를 틀어잡고 금강산 신계사 보운암 선방에서 용맹정진하기 시작했다. 수많은 참선수행자들이 없을 무자를 화두로 삼아 참구하게 된 데는 까닭이 있었다. 옛날 중국 당나라 때 조주(趙州)선사에게 한 제자가 물었다.
　"스님, 개에게도 불성이 있습니까?"
　조주선사가 대답했다.
　"무(無)라……."
　이로부터 없을 무(無)자는 많은 수행자들의 화두가 되었던 것이다. 학눌은 남들이 쉴 때도 쉬지않고 남들이 잠잘 때에도 잠자리에 들지 아니하고, 끼니를 거르면서까지 오직 '무자화두(無字話頭)'에만 매달리고 있었다. 그러나 아무리 생각해 보아도 도무지 가닥조차 붙잡지 못하고 있었다. 경내에 울려퍼지는 범종소리마저 학눌의 귀에는 들어오지 않았다. 범종소리 대신에, 좌선(坐禪)하고 있는 학눌에게는 옛 조사(祖師)들의 음성만이 어지럽게 맴돌고 있었다. 한 가닥 뚜렷히 잡힌 음성은 바로 조주선사(趙州禪師)의 그것이었다.

"……내가 그대에게 묻노니 어디 한번 일러보아라!"
"예, 조사님."
학눌은 두 눈을 감은 채 조주선사를 배알하고 있었다.
"……그대는 나이를 먹었다고들 말한다. 대체 그 나이라고 하는 것이 있는 것이냐, 없는 것이냐?"
"그 그야, 나이는 있는 것이옵니다."
"그렇다면 어디……그 나이를 내 앞에 내놓아 보아라."
"그 그건, 보여드릴 수가 없사옵니다."
"……그렇다면 모두들 머리 위에는 하늘이 있다고 하고 허공이 있다고들 말한다. 과연 하늘이며 허공이 있는 것이더냐, 없는 것이더냐?"
"그 그야……하늘도 있고 허공도 있사옵니다, 조사님."
"……그렇다면 어디 그 하늘과 허공을 내 앞에 가져와 보아라."
"하늘과 허공을 조사님께 가져오라구요? 그 그건……."
"……방금 네 입으로 분명히 있다고 말하지 않았느냐?"
어느새 조주선사는 학눌의 코 앞에 손바닥을 펼쳐들고 있었다. 가볍게 흔드는 손바닥은 점점 커져갔다.
"예 그건, 저……분명히 있기는 있사옵니다만 가져올 수는 없습니다, 조사님."
펼쳐든 손바닥은 멍석만큼이나 커져서 금방이라도 자신의 몸을

덮어버릴 것만 같았다. 또 그 큰 손을 한번 흔들기라도 한다면, 학눌은 바람에 날려 눈깜짝할 사이에 고향 마을 동구 밖에 떨어질 것 같다는 생각이 들었다.

"······그렇다면 그 하늘이 둥글더냐, 모나더냐, 아니면 편편하더냐?"

"잘 모르겠사옵니다, 조사님."

순간 따악! 죽비소리가 크게 들렸다. 학눌은 흠칫 놀랐지만 조주 선사의 음성은 그를 계속 붙잡아두고 있었다.

"······눈을 바로 뜨고 바로 보아라! 없을 무자는 없을 무자일뿐 그 이상도 그 이하도 아니니라······."

"모르겠사옵니다. 모르겠사옵니다, 조사니임······!"

학눌은 두 손으로 머리를 움켜쥐고 나뒹굴었다. 몸은 거의 탈진한 상태였다. 이마에는 이제 더 이상 땀도 흐르지 않았다.

한 번 가부좌를 틀고 앉으면, 시간 가는줄도 모르고 화두만 붙잡고 매달렸지만 깨달음의 순간이 그렇게 쉽게 찾아올 리는 만무했다. 한번은 사미승이 선방에 들어왔다. 점심공양 시간이었다.

"이, 이것보십시오. 수좌님, 수좌님."

"으음? 왜 그러시는가?"

사미승이 가까이 다가와 몇 번을 부른 뒤에야 학눌은 고개를 돌렸다.

"다른 수좌님들은 모두 방선하셨습니다. 이제 어서 점심 공양 드셔야지요."

벌써 며칠째 학눌은 점심공양을 거르고 있었다. 이를 보다못해 사미승이 선방을 찾았던 것이다. 사미승의 걱정스런 말투에도 아랑곳하지 않고 학눌은 가부좌를 풀지않고 태연히 대답했다.

"······걱정해 줘서 고맙네만, 나는 늦깍이······방선할 시간이 어디 있고 점심 공양 먹을 시간이 어디 있겠는가······."

"그래두 그렇지요. 참선도 참선이지만 방선할 때는 방선을 해서 마당을 거닐기도 하셔야지······이렇게 허구헌 날 가부좌만 틀고 앉아 있으면 앉은뱅이가 된다고 했습니다요······."

사미승의 목소리에는 어지간히 안타까운 심정이 배어 있었다.

"앉은뱅이가 될 때 되더라도 화두만 깨친다면 더 이상 바랄 게 없겠네."

"에이 참, 이렇게 앞뒤가 콱 막혀가지고 꼼짝않고 앉아만 계시니······그래서 별명이 또 한 가지 생기지 않았겠습니까요."

"그건 또 무슨 소린가? 별명이 또 한 가지 생겼다니······."

"처음에는 수좌님 별명이 엿장수였습니다요. 그런데 요즈음 뭐라고 하는줄 아십니까요? ······절구통수좌요, 절구통!"

"날더러 절구통이라구?"

"한번 가부좌를 틀고 앉았다 하면 절구통처럼 꼼짝도 않는다고

해서 절구통수좌라고 부른다구요."
　사미승은, 다른 스님들이 학눌을 '절구통수좌'라고 부르는 것이 못내 안타까운 모양이었다. 그러나 절구통이니 엿장수니 하는 별명에 신경을 쓸 학눌이 아니었다.
　"내가 정말 절구통처럼 생겼는가?"
　학눌이 사미승을 향해 되묻는 표정은 오히려 능청스럽기까지 했다.
　"수좌님도 참……절구통 소리 안 들으시려면 제발 뜰에 나가 걷기도 하고 그러시라구요……."
　"아, 아니지. 기왕에 절구통 소리를 들은 김에 아주 오래 절구통 노릇을 해야겠네. 허허……."
　학눌은 가벼운 웃음을 터뜨리면서 다시 벽쪽으로 돌아 앉았다. 뒷모습을 바라보고 있던 사미승은 푸념섞인 혼잣말을 하면서 방문을 나섰다.
　"에이구 참! 정말로 절구통은 절구통이시네……."
　절구통이라는 별명을 얻을 만큼 학눌의 참선수행에는 끈질긴 면이 있었다. 말 그대로 용맹정진(勇猛精進)이었다. 오로지 '무자화두(無字話頭)'를 깨치기 위해 선방에 든 지도 어느덧 한 해가 가까왔다. 어느 날 석두스님은 학눌을 조용히 불러 앉혔다. 오랫만에 스승과 제자가 마주앉게 되었다.

"학눌이……그대가 이 보운암에 들어온 지는 얼마나 되었는고?"
"아직 첫돌이 지나지 않았사옵니다."
"첫돌이 지나지 않았단 말인가?"
"그러하옵니다, 스님."
"그렇다면 참 기이한 일이로구먼……."
석두스님은 턱을 쓰다듬으며 읊조리듯 말했다.
"기이한 일이라니요. 무슨 말씀이시옵니까 스님?"
걱정스런 표정을 지으며 묻는 학눌을 석두스님은 아무말 없이 한참동안이나 바라보고 있었다. 그러더니 침을 한번 꿀꺽 삼키고 나서 말했다.
"첫돌도 지나지 않은 아이가 나무 위에 올라가려고 하지를 않나, 과일을 따려고 덤비질 않나, 이게 모두 기이한 일이 아니고 무엇이겠는가?"
스승의 말을 듣고난 제자는 곧바로 허리를 구부렸다.
"잘못 되었사옵니다, 스님. 용서하십시오."
"허허허허……첫돌도 지나지 않은 아이가 말귀는 빨리 알아듣는군 그래, 응? 허허허허……."
웃음소리가 그치기를 기다리던 제자는 스승의 입이 닫히자, 다시 한번 고개를 숙이며 용서를 빌었다.
"잘못 되었사옵니다, 스님. 용서하십시오."

"아니다. 잘못된 일도 없고 용서할 일도 또한 없느니라. 다만 한 가지……."

"예 스님."

"조바심내고 서두른다고 해서 무자화두가 풀릴 일이 아니니, 이 점 각별히 유념해야 할 것이야."

"예, 스님. 명심하겠습니다."

석두화상(石頭和尙)은 자리를 고쳐 앉더니 헛기침을 한번 했다.

"봄이 지나고 나면 무엇이 오던고?"

"예, 봄이 지나면 여름이 옵니다."

"여름이 지나면 곧바로 겨울이 오던가?"

"아니옵니다, 스님. 여름이 지나면 가을이 오고, 가을이 지난 뒤라야 겨울이 옵니다."

당연한 대답이었다. 질문 또한 무엇을 깊이 생각한 끝에 내놓으라는 것이 아니었다. 스승은 고개를 한번 크게 끄덕이고 나서 타이르듯 조용히 말했다.

"이 세상 모든 이치가 그 속에 들어 있음이니, 넉넉한 마음으로 화두를 참구하게."

"예, 스님. 하오나……."

"그래, 무엇이 자꾸 눈앞에 걸리는고?"

스승은 제자의 마음을 읽고 있었다. 그 제자의 마음은 끊임없는 의단(疑端)을 풀지 못하고 있는 답답함이 있었다. 스승의 생각대로 제자는 그 답답함을 내보이고 있었다.
 "없을 무자 하나가 커졌다가 작아졌다가……어느 때는 너무 크고 무거워서 숨통마저 꽉 막히는 것 같사옵니다."
 금방이라도 고함이 터져 나올 것 같은 심정을 학눌은 짓누르고 있었다. 억지로 낮추고 있는 그의 목소리는 다분히 떨리고 있었다. 그러한 제자의 표정을 바라보면서 석두스님은 고개를 크게 끄덕이고 있었다. 고개를 들어 천정을 향하더니 이내 두 눈을 지그시 감았다. 학눌의 눈에는 그러한 스승의 모습이 몹시 고통스럽게 보였다. 석두스님은 손에 쥔 염주를 굴리면서 아무말이 없었다. 한동안 방안에는 염주알 구르는 소리만 들렸다. 마침내 석두스님은 두 눈을 크게 떴다.
 "그래? 그렇다면……이제 때가 되었으니 이 절을 떠나야 할 것이야!"
 깜짝 놀란 학눌이 고개를 길게 내밀며 물었다.
 "예에? 소승에게 이 절을 떠나라 하옵시면……?"
 "걸망 하나 짊어지고 팔도강산을 한바퀴 돌고나면, 없을 무자가 커보이지도 작아보이지도 아니할 것이야."
 "……팔도강산 유람은 엿장수 시절에 많이 했사옵니다, 스님."
 "엿판을 메고 돌아다닌 것은 유람이었지만, 이제부터 걸망 메고

다니는 것은 법을 구하는 운수행, 두루두루 선지식을 만나 참된 가르침을 얻도록 하게."

"……."

학눌은 대답이 없었다. 그는 스승에게서 팔도강산을 떠돌아 다니는 것 말고, 화두를 깨치는 다른 방법을 기대하고 있었는지도 모른다. 그래서 그는 엿장수 시절 얘기를 했던 것이다. 석두스님의 말이 끝나고서야 학눌은 자신의 언행이 조급했다는 것을 느끼고 있었다.

"어찌 대답이 없는고?"

"예, 스님. 분부대로 거행하겠사옵니다."

다음날, 학눌은 걸망 하나를 짊어진 채 정처없는 운수행(雲水行)에 나서게 되었다. 석두스님에게 인사를 올리고 마당으로 나서자, 뜰앞에는 사미승이 서 있었다. 사미승의 얼굴은 어느 때보다도 밝아 보였다.

"정말 잘되었습니다요, 잘 다녀 오십시오."

"내가 이 보운암을 떠나는 게 잘 되었다니……그동안 내가 그렇게도 미웠단 말이신가?"

"어이구 참, 무슨 말씀을 그렇게 하십니까요?"

"방금 그러시지 않았는가? 내가 떠나는 게 잘 되었다고……."

"아이구, 그거야 수좌님께서 맨날 절구통처럼 앉아만 계시니 앉은뱅이가 될까 봐 걱정거리였습니다요. ……그랬는데 이제는 그 걱정을 안 하게 됐으니, 그래서 잘됐다고 그런 겁니다요."

사미승은 머리를 긁적이며 겸연쩍게 웃었다. 학눌 또한 웃으면서 받아 넘겼다.

"허허허, 걱정을 해줘서 고마우이. ……그리고 그동안 여러 가지로 가르쳐줘서 고마웠구……."

"아닙니다요, 수좌님. 아무튼 건강하게 잘 다녀오십시오."

사미승은 고개를 숙이며 두 손을 모아 합장했다.

"그래, 내 그러면 한바퀴 돌아 올 테니 그동안 노스님 잘 모시게나."

학눌도 두 손을 모아 합장하면서 사미승과의 이별을 못내 아쉬워하고 있었다. 사미승의 얼굴을 다시 한번 바라보고 나서 막 발길을 돌리는 참이었다. 한 노스님이 이쪽으로 걸어오고 있었다. 삭발출가한 지 얼마 안 됐을 때, 가위를 내주며 엿장수 흉내를 내보라고 했던 바로 그 스님이었다.

"여 여보게, 절구통 수좌."

"아니, 스님?"

"자네가 운수길에 오른다고 하니 내 몇 마디 일러줄 말이 있네."

"예, 스님. 말씀하시지요."

"듣자하니, 한암스님이 오대산으로 올라오셨다고 하고……용성 스님은 통도사 내원암에 계시다는 소문이 있어."

"아, 예……."

"그리구 수월스님은 저 멀리 간도에 계시다고 하고, 만공스님은 충청도 덕숭산에 계시다고 하네."

"예, 스님……."

"기왕 운수길에 나설 양이면 이런 선지식들은 꼭 한번씩 찾아뵙고 오는 것이 좋을 것이야."

"예, 스님……분부대로 꼭 찾아뵙도록 하겠습니다."

"이젠 됐네. 어서 그만 가보게."

"예, 스님. 편안히 잘 계십시오."

운수행에 나서는 수좌에게 한 마디라도 더 일러주고자 애쓰는 노스님의 다정다감한 눈빛에 학눌은 얼른 고개를 돌렸다. 등에 진 걸망을 한번 추스리고 나서 발걸음을 옮기기 시작했다.

뙤약볕이 내리쬐는 여름날 엿판을 메고 밀짚모자를 눌러쓴 채 들어섰던 산문(山門)을, 이제는 먹물옷에 바랑 하나를 짊어지고 나서는 길이었다.

그것은 또 다른 출발임에 틀림없지만 산문을 나서자마자 길을 잃고마는, 그래서 다시 더듬어나가야 하는 아득하고도 정처없는 길이었다.

3
마셔봐야만 물맛을 아는 법

학눌(學訥)의 운수행로(雲水行路)는 북으로는 만주 간도에서부터 남으로는 통도사(通度寺)에까지 이르렀다. 이 땅의 선지식(善知識)이 있는 곳이라면 아무리 험한 곳이라도 그의 발길이 닿지 않는 곳이 없었다. 참된 법을 구하기 위한 운수행이었지만 여전히 '무자화두(無字話頭)'는 깨치지 못하고 있었다. 학눌이 금강산에 다시 들어서게 된 것은 그로부터 일 년이 지나서였다.

일 년 만에 돌아와서 듣는 보운암의 독경소리는 예나 지금이나 변함이 없었다. 보운암 뜰 안에 들어서자, 멀리서 걸음걸이만 보고도 알아챘는지 사미승이 뛰쳐나왔다.

"아이구 이거…엿장수 수좌님. 아니, 절구통 수좌님이 아니십니까요?"

학눌로서는 오랫만에 듣는 자신의 별명이었다. 보운암으로 돌아온 감회가 더욱 새삼스럽게 느껴졌다.
"그래, 그동안 잘 계셨는가?"
"예, 소승은 여여히 잘 지냈사옵니다만…수좌님께서는 여러 선지식들을 두루두루 만나뵈셨는지요?"
사미승의 목소리도 그렇고, 구리빛이 감도는 얼굴 또한 떠날 때와는 달라보였다. 키도 한 뼘 쯤은 큰 것 같았다.
"허허허…이 사람, 그동안 공부가 몰라보게 깊어졌네 그려, 응? 허허허…그래, 노스님은 안에 계신가?"
"노스님은 지금 이곳에 아니 계시옵니다."
"…허면, 어디 출타중이신가?"
"아닙니다. 출타중이 아니오라 미륵암에 주석하고 계시옵니다."
"미륵암에?"
미륵암은 보운암에서 한 시간 남짓 더 올라가야 하는 거리에 있었다. 미륵암 역시 신계사에 딸린 암자로써, 신도(信徒) 유경화(劉慶華)가 유마암(維摩庵) 옛 터에 열두 칸 짜리 집을 지어 미륵암이라 고쳐부른 곳이었다. 학눌이 보운암을 떠나자, 석두스님은 줄곧 미륵암에 올라가 주석하고 있었다.
"미륵암 선원에서 수좌들 공부를 살펴보고 계시옵니다."
"그렇다면 미륵암에 올라가 스님을 뵈어야겠네."

학눌은 곧바로 길을 나서려고 했다. 이를 지켜보던 사미승이,
"…잠시만 지체하시면 소승도 미륵암으로 올라가야할 것인즉, 동행하심이 어떠시겠습니까?"
"잠시만 지체했다가 동행을 하자구?"
"그러하옵니다."
"그거 잘됐네. 헌데 자네 일 년 사이에 몰라보게 달라졌네 그려 응, 허허허…."
사미승의 말투와 몸가짐은 아무리 보아도 예전과는 다른 구석이 있었다. 학눌에게는 유쾌한 일이었다. 학눌이 한번 호탕하게 웃고 나자, 사미승은 자못 침착한 어조로 말했다.
"일 년이면 뜰 앞에 저 나무도 한 자가 자랐거늘, 하물며 출가수행자가 달라지지 아니했다면 어찌 밥값인들 할 수 있겠습니까?"
"무엇이? …출가수행자가 달라지지 아니 했다면 어찌 밥값을 하겠느냐…?"
학눌은 깜짝 놀랐다. 놀란 나머지 섬뜩함마저 느끼고 있었다. 그러한 학눌의 모습을 바라보고 있는 사미승의 표정은 담담했다.
사미승과 함께 미륵암으로 오르는 산길을 걷는 동안 학눌은 줄곧 자신의 모습을 뒤돌아보고 있었다. 뒤따라오는 사미승의 발자국소리가 마치 자신의 등을 두드리는 채찍 같았다.
석두스님에게서 삭발득도한 지 어느덧 이 년, 운수행에 올라 선지식들을 두루두루 만나보았지만 아직도 화두(話頭)에 매달려 있는 형편이고 보니 답답한 노릇이 아닐 수 없었다. 나이어린 사미승이 무심코 던진 한 마디가 나이들어 머리를 깎은 학눌에게는 결코 예사로 들리지 않았던 것이다. 학눌은 산길을 오르는 동안 내내 자신의 변화없는 모습을 확인하고 있었다.

미륵암에 올라온 학눌은 스승께 인사를 올렸다. 절 삼배가 끝날 때까지 스승은 온화한 미소를 머금은 채 학눌을 바라보고 있었다.

"그래, 명산대천 산천경계는 잘 돌아보았는가?"

"예."

"선지식들도 두루두루 만나뵈었고?"

"예."

"산천초목이 모두 없을 무자 하나로만 보이던가?"

"아, 아니옵니다. 스님."

"그럼 어서 일러보아라. 대체 무엇을 얻어 왔는고?"

"말씀드리기 부끄럽사오나 소승 이제야 알게 되었습니다."

"무엇을 알게 되었는고?"

"무자화두를 깨치는 공부는 남의 말에 정신을 팔려서도 아니될 것이요, 남에게 의지해서도 아니될 것이요, 오직 스스로 참구하고 스스로 깨달아야 된다는 것을 이제야 알았사옵니다."

제자의 말을 듣고 난 석두스님은 옆에 있는 물잔을 들었다. 그리

고는 한참동안 그대로 있었다. 학눌은 그저 바라보고만 있을 뿐이었다. 마침내 석두스님은 물잔을 가볍게 흔들면서 입술을 떼었다.
"이 잔에 물을 따라 보아라."
"예, 스님."
학눌은 앞으로 다가가 빈 잔에 물을 채웠다. 학눌이 물주전자를 자리에 놓자,
"내가 이 물을 마실 것인즉, 자세히 봐야할 것이야."
"예, 스님."
석두스님은 물을 마시기 시작했다. 벌컥벌컥 들이키는 소리가 들렸다. 일부러 소리가 나도록 들이키는 것 같았다. 물잔을 비운 석두스님은, 잔을 내려놓으면서 잠자코 앉아있던 학눌에게 말했다.
"내가 이 물을 마셨느니라……."
"예, 스님."
"물이 시원하고 맛있었느니라. …헌데 내가 마신 물맛을 네가 그대로 알 수 있겠느냐?"
학눌에게는 달리 대답할 말이 떠오르지 않았다.
"…그건 알 수가 없사옵니다, 스님."
너무나 당연한 대답이었지만, 말을 마치고 나서도 학눌은 행여 호통치는 소리를 듣지 않을까 불안해하고 있었다. 그러나 스승의 목소리는 더할 수 없이 차분하게 가라앉아 있었다.

"마셔봐야만 물맛을 아는 법. 깨달음에 이르는 길도 이와 같으니라."
"명심하겠습니다 스님, 명심하겠습니다."

금강산에 돌아온 학눌은 그 수행처를 미륵암 선원으로 옮겨 용맹정진에 들어갔다. 때는 겨울이었다. 여러 대중(大衆)들이 입선(入禪)에 들어가기 전 학눌은 앞으로 한 걸음 나아가 용서를 구했다. 선방에 앉아있던 대중들이 여기저기서 웅성 거렸다. 학눌의 말을 듣고 나서 한 스님이 나섰다.
"동안거에 들어가는 마당에 따로 무슨 말이 필요하다는 말인고?"
"말씀드리기 부끄럽사오나 소승은 지혜가 엷은데다가 늦깎이인지라, 입선 방선 구별해가며 수행정진할 처지가 못되옵니다…따라서 저는 방선 입선 구별하지 아니하고 계속 앉은 채 수행할까 하오니 여러 대중들께서는 허락하여 주십시오."
또 한번 대중들의 웅성거리는 소리가 들렸지만, 학눌은 입을 굳게 다문 채 정면을 응시하고 있었다. 그의 결의는 이미 다져진 듯했다.
"아니 그러면…그대는 방선중에도 뜰에나가 거닐지도 아니하겠단 말이신가?"

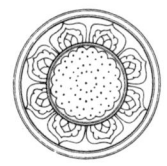

"그러하옵니다. 부디 용서하시고 허락하여 주십시오."

"내 이미 그대가 절구통수좌임을 익히 알고는 있지만, 한 철 수행을 견뎌낼 수 있을지 그것이 걱정일세……."

대중들은 학눌의 뜻에 동의하면서도 모두들 걱정스런 표정이었다.

선방에서 참선수행하는 수행자들에게는 죽비를 쳐서 입선(入禪)과 방선(放禪)을 알려준다. 말하자면 방선은 휴식시간인데, 이 때에 수행자들은 볼 일을 보고 뜰안을 가볍게 거닐기도 한다. 그렇게 함으로써 근육의 긴장을 풀고 혈액순환을 도모하는 한편 마음의 여유를 되찾는 것이다. 방선 끝에 잠시 뜰안을 거니는 것을 선방에서는 경행(經行)이라고 부르는데, 학눌은 이 경행마저 마다하고 오로지 좌선만을 계속하겠다는 것이었으니 실로 비장한 각오가 아닐 수 없었다.

금강산의 겨울은 몹시도 추웠다. 동안거(冬安居)에 들어간 금강산 신계사 미륵암 선원에는, 날카로운 겨울 바람과 함께 입선과 방선을 알리고 꾸벅꾸벅 조는 수행자를 깨우는 입승의 장군죽비 소리만 간간히 흘러나올뿐 적막하기 그지 없었다. 입선중에 조금이라도 자세가 흐트러지거나 졸거나 하면 입승의 장군죽비는 여지없이 어깨쭉지를 내리쳤다.

또한 선방의 예규는 엄중했으니, 출가한 순서대로 윗목에서부터 자리를 정하고 가장 늦게 출가한 수좌가 아궁이에서 가장 가까운 아랫목에 앉아야만 했다. 미륵암 선원에서 동안거에 들어간 수행자들 가운데 학눌보다 더 늦게 출가한 수좌는 없었다. 그는 펄펄 끓는 아랫목에 방석 한 장을 깔고 가부좌한 채 '무자화두(無字話頭)'를 들고 있었다. 금강산의 겨울은 깊어만 갔다.

   그러던 어느 날이었다. 아침공양 시간을 알리는 죽비소리에 학눌은 자리에서 일어났다.

   "아니 여보게, 웬 방석을 엉덩이에 붙이고 다니는가 그래?"

   "예에? 방석이라니요?"

   "엉덩이에 붙은 게 방석이 아니고 무엇이란 말인가?"

   "아이구 이거 죄송합니다."

   학눌이 자리에서 일어났지만 깔고 앉았던 방석이 엉덩이에 붙어 있었던 것이다. 뒤를 돌아본 학눌이 방석을 떼어내려하자, 옆에 있던 스님이 먼저 방석을 붙잡았다. 별다른 생각없이 방석을 떼어낸 스님은 깜짝놀랐다.

   "아니 여보게, 이게 무언가? 피고름 아닌가? 엉?"

   "예에? 피고름이라니요?"

   학눌도 놀라면서 방석을 바라보았다. 놀란 나머지 옆에 있던 스님은 눈만 껌벅거리고 있었다. 과연 방석에는 검붉은 피가 말라 얼룩져 있었고, 떼어낸 부위는 누런 고름으로 축축이 젖어있었다. 선

 방에서는 좀처럼 보기힘든 끔찍한 일이었다. 펄펄 끓는 아랫목에 얇은 방석 한 장을 깔고 가부좌를 튼 채 용맹정진을 했으니, 학눌의 양쪽 엉덩이가 화상을 입다못해 짓물러 터졌던 것이다. 피고름이 흘러내려 옷과 방석이 달라붙어 버렸으니 함께 수행하던 모든 수좌들이 놀랄 수밖에 없었다. 학눌도 처음에는 다소 놀란 듯 했으나 이내 담담한 표정으로 되돌아왔다.
 "아니 세상에 원, 이럴 수가 있나 그래…아무리 절구통수좌라고 하지만 엉덩이가 익어서 짓물러 터지도록 그냥 앉아있었단 말이던가?"
 "잘못되었습니다 스님, 용서하십시요."
 "아, 이 사람아 어서 가서 약 바르고 옷갈아 입어! 견성성불하려다가 사람 죽겠네!"
 옆자리에 앉았던 수좌는 방석을 손에서 놓을줄도 모르고 오히려 흥분하고 있었다. 학눌은 마치 죄라도 지은 사람처럼 몸둘 바를 모르더니 슬며시 자신의 엉덩이를 만져보고 있었다.
 엉덩이가 익어서 짓물러 터져 피고름이 흐르도록 석달 동안이나 용맹정진을 했건만, 화두를 깨치지 못했으니 학눌수좌의 심정은 터질 것만 같았다. 동안거(冬安居)가 끝나고 며칠이 지나서 스승과 제자는 마주앉게 되었다. 석두스님은 그동안 선방에서 있었던 수좌들의 일들을 낱낱이 알고 있었다.

"그래…엉덩이 살이 익어서 짓물러 터지는 줄도 모르고 참선을 했더란 말이냐?"
"아, 아니옵니다… 부끄럽사옵니다, 스님."
"아니긴 뭐가 아닙니까요? 글쎄 제가 옷을 벗겨드렸는데요…옷이 온통 피고름 범벅이었습니다요, 스님……."
옆에 있던 사미승이 고자질을 하듯 눈을 흘기며 말했다. 마치 그때의 일을 다시 보고 있는 것처럼 사미승은 얼굴을 찡그리고 있었다.
"그래…법을 구하기 위해 육신을 잊었으니 그것이 바로 위법망구의 수행. …장한 일이긴 하다마는 그래서 무자화두는 어찌 되었는고?"
"말씀드리기 송구스럽습니다만, 아직 한 치 한 푼도 나아감이 없사옵니다, 스님."
터질 것 같은 학눌의 심정을 아는지 모르는지 석두스님은 조용히 타이르듯 말했다.
"그 무자화두는 너무 커도 안 되고 너무 작아도 안 되느니라."
"무슨……말씀이시온지요 스님?"
"이 아이한테 물어보아라. 부처님이 거문고 줄을 어찌하라고 하셨던고?"
석두스님은 사미승을 돌아보며 말했다.

"거문고줄 말씀이시옵니까?"

"어디 한번 일러보아라."

"부처님께서 이르시기를 거문고 줄은 너무 느슨하게 매도 제소리가 나지 아니하고, 또 너무 바짝 조여도 제 소리가 나지 않는다고 하셨습니다요."

사미승은 머뭇거리지도 않고 또박또박 대답을 했다. 석두스님은 고개를 끄덕이며 다시 눈을 학눌에게로 돌렸다.

"그래, 바로 그렇느니라…똑똑히 들었느냐?"

"하오면 스님, 용맹정진 만으로는 무자화두를 깨칠 수 없다는 말씀이십니까?"

"나는 그렇게 말하지 않았다. 다만 한 가지…서둘러서 될 일이 아니요, 조바심쳐서 될 일이 결코 아니니라."

"하오면 스님……."

"기어다닌 다음에 걸을 수 있고 걷고 난 다음에 달릴 수 있고, 뛰고 나는 것은 그 연후에 해도 늦지 않을 것이니라……."

"명심하겠습니다, 스님."

대답을 하면서 새롭게 다짐을 하건만 학눌의 가슴은 답답했다. 서른 여덟의 뒤늦은 나이에 삭발출가한 이후, 그동안 운수행에 올라 이 땅의 선지식들을 만나보기도 하고 엉덩이가 익어서 피고름이 고이도록 오로지 화두를 들고 있었지만 도무지 잡히는 바가 없었다. 돌이켜보니, 보운암 산문 밖 다랭이 논에서 사흘낮 사흘밤을 뒤져 바늘을 찾아낸 것이 어느덧 오 년 전의 일이었다. 금강산에 있는 선원을 옮겨다니며 용맹정진을 계속했지만 깨달음의 새벽은 좀처럼 오지 않았으니 학눌의 마음은 늘 천근만근 무겁기만 했다.

"조사님이시여! 없을 무자가 대체 무엇이기에 이렇게도 깨치기가 어렵사옵니까? 없을 무, 없을 무……없다는 것이 대체 무엇이옵니까?"

'무자화두(無字話頭)'를 들고 있는 학눌 곁에는 언제나 조주선사(趙州禪師)가 따라다녔다. 아니, 따라다닌다기 보다는 오히려 학눌이 부른 것인지도 모른다. 무자화두를 깨치기 위해서는 조주선사와의 끊임없는 대화가 필요했다. 개에게도 불성(佛性)이 있습니까? 하고 제자가 물었을 때, 조주스님은 왜 '없다!' 라는 한 마디만 남겼을까. 그 깊은 뜻은 무엇일까. 그럴 때마다 들려오는 조사(祖師)의 음성은 학눌의 마음을 점점 더 혼미의 수렁으로 밀어넣고 있었다.

"…이 놈아, …글자에 얽매이면 아무것도 못할 것이니…그 없을 무자를 놓아버려야 할 것이니라……."

"아니옵니다, 조사님. 그 없을 무자를 움켜 잡아보기도 했고 껴안기도 했고, 내버리기도 했고 놓아버리기도 했고… 이것 저것 다 해보았습니다. 그러나 도무지 알 수가 없사옵니다, 조사님……."

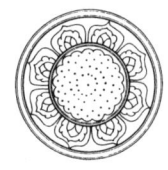

 "……어리석도다! 유(有)다, 무(無)다, 있다 없다를 구별하면 그것이 곧 망상이니, 그 망상에 사로잡히면 아무것도 제대로 볼 수 없는 법.……있는 것이 있는 것이 아니요, 없는 것도 없는 것이 아님을 알고 나면 비로소 무자를 깨칠 것이니라……."
 학눌의 질문이 집요하면 할수록, 허공에서 내려오는 조주선사의 음성은 방안을 흔드는 현기증으로 다가왔다. 그럴 때마다 학눌은 두 귀를 움켜쥐고 나뒹굴어야만 했다. 긴신히 정신을 차리고 눈을 뜨면 어느새 온 몸은 땀으로 흥건히 젖어있곤 했다.
 "무라…무라…무라…저 새도 밤새도록 무자화두를 들고 있구나……무라…무라…무라……."
 밤이 깊어갈수록 학눌의 벗이 되어주는 것은 산새밖에 없었다. 미륵암에서 보운암으로, 보운암에서 다시 미륵암 선방으로 옮겨 다니며 용맹정진을 하다가 학눌은 문득 비장한 각오를 하고 스승을 찾아 뵈었다. 석두스님 또한 늘 제자의 살림을 걱정하고 있었다.
 "그래, 그동안 정진을 잘 하고 있느냐?"
 "예, 하오나 소승의 업장이 두텁고 선근(善根)이 얕아서인지 도무지 나아감이 없사옵니다, 스님."
 "업장이 두텁고 선근이 얕아서 나아감이 없다구?"
 "아니오면…소승, 아둔하고 어리석어서 선지를 깨닫지 못하는 것 같사옵니다."

학눌의 말이 끝나자마자 석두스님은 대뜸 물었다.
"그러면 속퇴를 해야겠다는 말이더냐?"
"아, 아니옵니다 스님. 속퇴라니요…?"
"그럼 장차 어찌할 생각이던고?"
석두스님의 급작스런 질문에 학눌은 잠시 멈칫 하다가 하던 말을 계속했다.
"스님께 한 가지 청이 있사옵니다."
"…청이라니?"
"깊은 산속에 토굴을 짓고 혼자 들어가 사생결단을 하고자 하옵니다. 허락하여 주십시오."
"깊은 산속에 토굴을 짓고 혼자 들어가 사생결단을 하겠다…?"
"그렇사옵니다, 스님."
"사생결단을 어떻게 하겠다는 말이던고?"
"소승이 토굴속에 들어간 뒤에 밖에서 문을 막아버리게 하시면, 깨달음을 얻기 전에는 결코 토굴 밖으로 나오지 않겠사옵니다."
"문없는 토굴속에 들어앉아 사생결단을 하겠다고?"
"그렇사옵니다, 스님. 허락하여 주십시오."
제자로부터 뜻밖의 제안을 받은 석두스님은 내심 놀라고 있었다. 제자의 속마음을 알아차렸다는 듯이 한참동안 고개만 끄덕이고 있었다. 석두스님은 자리를 고쳐앉으며 다시 물었다. 제자의 각오를

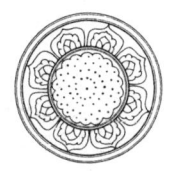

다시 한번 다짐을 받으려는 질문이었다.
"정녕 꼭 그리해야 하겠느냐?"
"예, 스님. 허락하여 주십시오."
"…돌아가 있거라. 알았느니라……."
"하오면 스님, 허락하여 주시는 것이옵니까?"
"내 이미 알았다고 했느니라……."

석두스님은 더 이상 말을 하지 않았다. 이쯤이면 제자의 마음을 충분히 읽었다는 뜻이었다. 화두에 매달려 몸부림치고 있는 늦깎이 제자의 간곡한 부탁을 물리칠 석두스님이 아니었다.

마침내 학눌은 금강산 법기암(法起庵)뒤 산 속에 한 칸 짜리 토굴을 지었다. 토굴 뒷켠에는 용변을 볼 수 있는 구멍과 앞쪽으로는 밥그릇이 들어올 수 있는 구멍 하나씩을 뚫어놓고 토굴 안으로 들어갔다. 그리고는 밖에서 문을 모조리 흙벽으로 막도록 했다. 문을 통해 들어가기는 했으나 나올 문은 없어진 셈이었다. 학눌은 자신과 싸우기 위해 죽음을 각오하고 스스로를 가둔 것이다. 일생일대의 큰싸움이 시작된 것이다.

"스님, 스님. 제 말소리 들리십니까?"
사미승이 공양그릇 구멍에 대고 나즈막히 물었다.
"그래, 잘 들리네."
학눌의 목소리 또한 나즈막히 들려왔다.

"혹시 뭐 빠뜨리고 들어가지 않으셨는지 말씀하십시오."
"내 오늘 방석 석 장을 가지고 들어왔으니 부족한 것은 아무것도 없네."
"정말 견딜만 하겠습니까요, 스님?"
"드러눕기에는 불편하겠지만 앉은 채로 수행하기에는 비좁지 않겠네."
"당부하실 것 있으시면 말씀하시지요, 스님."
"내가 부탁한대로 공양은 하루에 한 끼만 갖다 주시고, 아무말 말고 이 공양구 앞에다 놓고 가시게."
 토굴 속으로 들어갈 때 학눌이 가진 것은 방석 석 장 뿐이었다. 그리고 공양은 하루에 한 끼만 먹기로 했던 것이다. 또한 공양을 가지고 와서는 아무말도 시키지 말고 조용히 구멍 앞에 놓고 가라는 부탁을 사미승에게 하고 있는 것이다.
"달리 또 부탁하실 말씀은요?"
"달리 더 부탁할 건 없네."
"겨울이 되면 추워서 어떻게 견디시려구요?"
 사미승의 걱정스런 목소리였다. 사미승은 무엇이든지 부탁만 한다면, 어떻게 해서든지 그 부탁을 들어줄 태세였다. 이불이 필요하다면 당장에라도 자신이 덮는 이불을 넣어줄성 싶었다. 머지않아 매서운 추위가 닥칠 것이었다.

"겨울이 되거든 그때는 가끔 와서 군불이나 좀 지펴주고 가시게."

"스님……."

태연히 대꾸하는 학눌의 목소리에 사미승은 거의 울상이 되었다.

"왜 그러시는가?"

"이러시다가 병들어 돌아가시면 어쩌려고 이러십니까요?"

조그만 공양구에 입을 대고 말하는 사미승은 울먹이고 있었다. 그러한 사미승의 표정이나 심정에는 개의치 않는 듯 학눌의 태도는 그럴수록 담담해져 갔다.

"내 걱정은 말고 그만 돌아가시게. 어서! ……어서 내려가래두 그러시는가!"

울먹이는 사미승을 꾸짖듯이 학눌의 목소리는 작지만 단호했다.

"예, 스님. 그럼 내일 아침에 공양 가지고 다시 오겠습니다, 스님……."

하는 수 없이 사미승은 공양구에서 얼굴을 떼며 말했다. 여전히 울먹이는 목소리였다. 토굴을 내려오면서 사미승은 소매깃으로 눈물을 훔치고 있었다.

4
무자화두와 참선삼매

깊고 깊은 산속, 문 없는 한 칸 짜리 토굴 속에 들어앉아 학눌은 가부좌한 자세로 용맹정진을 계속했다. 무자화두(無字話頭)를 깨치기 위해 마지막으로 선택한 자신과의 처절한 싸움을 시작한 것이다.

다리를 뻗고 누울 자리도 없는 비좁은 토굴이고 보니 방바닥에 등을 붙일 수도 없었다. 스승인 석두스님의 배려로 하루에 한 번 법기암으로부터 아침 공양을 날라오곤 했는데, 사미승은 토굴속에 들어앉은 학눌이 살아 있는지 죽었는지조차 알 길이 없었다. 다만 하루 전에 갖다놓은 밥그릇이 빈그릇으로 놓여 있으면 살아 있구나 하고 짐작만 할 뿐이었다.

"스님, 소승 스님의 아침공양 가지고 왔습니다. 여기 빈 그릇이 놓여있는 걸 보니 다른 걱정은 안 되옵니다만, 어디 편찮으신 데는 없으신지요, 스님?"
 아침공양을 가져온 사미승이 늘 토굴 안을 향해 울먹이는 목소리로 말을 했지만, 토굴 안에 들어앉은 학눌은 단 한 마디의 대꾸도 없었다.
 "……스님, 수행하시는 데 방해가 될 것이라 달리 더 이상 말씀은 드리지 않겠사옵니다만, 정말 어디 편찮으신 데는 없으신지요? …노스님께서 잘 살펴오라고 이르셨는데요, 정말 달리 뭐 필요하신 것은 없으십니까요? 예?"
 학눌이 토굴 안으로 들어가고 나서 사미승에게 부탁하기를, 하루 한 끼의 공양을 가져오되 아무말도 하지 말라고 신신당부를 했건만, 사미승은 공양구에 대고 언제나 안부를 묻는 것이었다. 학눌스님이 당부한 바를 모르는 사미승이 아니었지만, 그는 학눌의 목소리가 듣고 싶어 안달이었다. 귓바퀴를 손으로 감아쥐고 공양구에 바짝 다가가지만, 그럴 때마다 캄캄한 토굴 속에서는 단 한 마디의 대답도 흘러나오지 않았다. 숨소리조차 느낄 수 없어서 어떤 때는 덜컥 무서운 생각이 들기도 했다.
 "……."
 "스님, 한 마디만 일러주십시오. 정말 괜찮으십니까요?"
 "……."

"알겠습니다요, 스님…그럼 소승 이만 물러가겠습니다. 내일 다시 올 테니 어서 성불하십시오."

"……."

법기암으로부터 공양을 가져온 사미승은 줄곧 혼자서만 말을 주고받다가 이내 풀이 꺾였다. 학눌의 목소리는 단 한 번도 들어보지 못하고 낙담한 채 산을 내려가곤 했다. 그럴 때마다 빈 공양그릇을 들고 산을 내려오는 사미승에게는 학눌스님이 야속하게만 느껴졌다.

그러기를 어느덧 석달, 넉달, 여섯달……

금강산의 높은 골짜기에는 다른 어느 곳 보다도 빨리 눈발이 날리고 매서운 바람이 몰아쳐왔다. 법기암으로부터 공양그릇을 나르는 사미승의 일과는 하루도 빠짐없이 계속됐다. 추위 탓으로 입술이 움츠러 들었는지 사미승의 목소리는 약간 떨고 있었다.

"간밤에 잘 지내셨습니까요, 스님? 춥지는 않으셨는지요? 이제부터는 날씨가 더 추워질 것이니 저녁때 올라와서 불을 지펴드리라고 노스님께서 분부하셨습니다요. ……내일부터는 저녁나절에 올라오겠습니다. 오늘은 불을 좀 넉넉히 지펴놓고 내려갈 테니 그렇게 아십시오, 스님."

사미승은 빈 그릇을 챙기고 새로 가져온 밥그릇을 안으로 들이민 뒤 아궁이에 불을 지피기 시작했다. 여전히 학눌스님은 아무런 대답이 없었다. 사미승도 이제는 더 이상 학눌의 대답을 기대하고 있지는 않았다. 밥그릇이 비워져 있으면 그것으로써 대답을 대신 듣고 있는 셈이었다.
　나무를 아궁이에 쑤셔넣고 얼마나 지났을까. 사미승은 매운 연기 때문에 눈물을 흘리면서 불을 지피고 있었다. 그때였다. 토굴 속에서 가느다란 인기척이 들려왔다. 사미승은 바짝 긴장하며 귀를 기울였다. 기침소리였다. 토굴 속에 들어간 뒤 지금까지 한 번도 들어보지 못한 학눌스님의 기침소리였다.
　"…콜록!…콜록…콜록…."
　비록 기침소리였지만 사미승에게는 더없이 반가운 소리였다.
　"아니, 스님. 방금 스님께서 기침을 하셨습니까요? 스님! 스님! 기침소리만 들려주셔도 반갑습니다, 스님…."
　아궁이에 지핀 축축한 나무 때문에 기침을 한다는 사실도 잊은 채 사미승은 그저 반가울 뿐이었다. 기침소리는 계속해서 흘러나왔다.
　"아이구 이런…, 연기 때문에 기침을 하십니까요, 스님?……죄송합니다요. 내일부터는 연기가 적게 나도록 바짝 마른 나무만 골라서 불을 지피겠습니다. 오늘만 용서하십시오, 예? 스님?"
　매운 연기를 걱정하면서도 사미승은 뛸듯이 기뻐했다. 그러나 학눌스님의 목소리는 끝내 들을 수 없었다. 기침소리도 이내 멎고 말

앉다. 사미승은 될 수 있는대로 마른 나무를 골라 아궁이에 불을 지피고는 한 마디 대답도 듣지 못한 채 또 산을 내려와야만 했다.
　제자를 토굴 속에 들여보내놓고 겨울을 맞은 석두스님은 아무래도 마음이 놓이지 않았다. 하루는 법기암까지 올라와서 걱정을 하다가 사미승을 불러 앉히고는 그동안의 일들을 캐묻고 있었다.
　"그래, 오늘도 공양그릇을 비웠더란 말이냐?"
　"예, 스님. 그리고 며칠 전에는 아궁이에 불을 지펴드렸는데요, 연기가 토굴 속에 스며들었던지 쿨룩 쿨룩 기침을 하셨습니다요."
　"그러면 그 기침소리가 어떠하던고?"
　"……기침소리가 어떠하다니요?…."
　"아, 인석아! 기침소리가 우렁차더냐, 맥이 없더냐, 그걸 묻는 게다."
　"원…참, 스님두…연기 때문에 쿨룩 쿨룩 몇 번 한 걸 가지고 우렁찬 것인지 맥이 없는지, 그걸 제가 어떻게 구별합니까?"
　사미승의 대답에는 제법 능청스러운 데가 있었다. 학눌스님의 기침소리를 듣고나서 갖게된 마음의 여유 탓인지도 모를 일이었다. 그러한 사미승의 태도가 석두스님에게는 귀엽고 기특하게만 느껴졌다.
　"…알았느니라. 공양그릇을 비우고 연기 때문에 기침을 했다면 아직도 버틸 기력이 남아있는 모양이다마는, 그 토굴 속에 가지고 들어간 것이 무엇 무엇이던고?"
"가지고 들어간 건 방석 석 장 뿐, 그 외에는 아무것도 없습니다요, 스님."
"방석 석 장 가지고 이 엄동설한을 어찌 견디겠다는 말이던고?"
"그러게 말씀입니다요. 소승이 내일 토굴에 올라갈 적에 솜이불이라도 한 장 가지고 가서 억지로 쑤셔넣어 드리도록 할까요?"
사미승의 얼굴에는 갑자기 생기가 돌았다. 큰스님의 허락만 떨어진다면, 토굴 속의 학눌스님이 싫어하든 좋아하든 어떻게 해서든지 솜이불을 집어 넣어줄 생각이었다. 그러나 한참만에 운을 뗀 석두스님의 대답은 달랐다.
"…아니다, 내버려 두어라! 설령 얼어 죽는 한이 있더라도 이불을 받아들일 수좌가 아니니라!……."
석두스님은 학눌의 마음가짐을 익히 알고 있었던 것이다. 두 눈을 지그시 감고 염주를 든 노스님의 손가락 끝에서도 학눌의 무자화두는 시공을 넘나들며 쉬임없이 구르고 있었다.
겨울이 깊어가자 금강산 골짜기의 바깥날씨는 영하 이십 도를 오르내리고 있었다. 젖은 손으로 문고리를 잡으면 금새 얼어붙어 쉽게 떨어지지 않을 정도였다. 학눌은 방석 석 장으로 혹독한 추위를 견디고 있었다. 하루에 한 번 지펴주는 군불과 한 끼 공양으로 겨우 목숨을 지탱해 가고 있었던 것이다. 세찬 겨울 바람소리와 산짐

　승 우는 소리는 깊은 산 속의 적막을 더해 주고 있었다. 밤을 새워 울부짖는 늑대의 울음소리는, 토굴 속에 들어앉은 학눌에게는 조주선사(趙州禪師)의 꾸짖음으로 다가왔다. 학눌은 결가부좌한 자세로 그 꾸짖음과 맞서고 있었다.
　무라…무라…무라…대체 이 없을 무(無)자는 어디서 생겨났으며 그 실체는 무엇이란 말입니까? 잡힐 듯 하면서도 잡히지 않고 보일 듯 하나가도 보이지 아니하고…들릴 듯 하면 금새 세찬 바람이 불어와 덮쳐버리고……무라…무라…무라…… 학눌은 끊임없이 묻고 있었지만, 할일할(喝一喝)! 조주선사의 꾸짖는 소리는 좀처럼 그치지 않았다.
　〈이것 보아라! 그대는 지금 바람소리를 듣고 있느냐?〉
　겨울 나무가지를 흔들고 지나가는 바람소리가 들려왔다.
　〈예, 듣고 있사옵니다.〉
　온 세상이 바람소리 뿐이었다.
　〈그대는 저 산짐승 소리를 듣고 있느냐?〉
　굶주린 늑대가 밤하늘을 향해 울부짖고 있었다.
　〈예, 듣고 있사옵니다.〉
　크고 작은 금강산의 산봉우리와 골짜기에는 온통 늑대의 울음으로 가득차 있었다.
　〈저 바람소리를 있다고 할 것인가, 없다고 할 것인가?〉

여전히 바람소리가 들리고 있었다.
〈저 산짐승 소리를 있다고 할 것인가, 없다고 할 것인가?〉
늑대의 울음소리는 더 사나워져 가고 있었다.
조주선사의 음성은 더욱 선명하게 들려왔다.
〈있다고 대답하면 삼십 방망이를 맞을 것이요, 없다고 대답해도 삼십 방망이를 맞아야 할 것이니……속히 일러라! 저 바람소리 짐승소리를 있다고 할 것이냐, 없다고 할 것이냐?〉
어느새 조주선사는 긴 방망이를 허리에 차고 한 손에는 커다란 죽비를 든 채 버티고 서 있었다. 금방이라도 학눌의 정수리를 향해 내려칠 기세였다. 바람소리가 들리고 산짐승 우는 소리가 들렸다. 이내 바람소리와 산짐승 우는 소리는 아무렇게나 섞여서 들려왔다. 학눌이 대답했다.
〈저 바람소리 산짐승 소리는 있다고 하면 그치고, 없다고 하면 다시 들립니다. 있다고 해도 틀린 대답이요 없다고 해도 틀린 대답이니 대체 이를 어찌해야 옳다는 말씀입니까? 조사님이시여……?〉
〈그래서 부처님께서 이렇게 이르셨느니라—한 물건 생겨남은 한 조각 뜬구름 생겨남이요, 한 물건 스러짐은 한 조각 뜬구름 사라짐이니 이 세상 모든 만물 그와 같은 것, 한 조각 뜬구름도 원래 없던 것—없을 무자 하나를 제대로 보면 세상 보는 눈이 밝아질 것이니라…….〉

〈없을 무자 하나를 제대로 보면 세상 보는 눈이 밝아질 것이라구요?……무라…없을 무, 없을 무…무, 무, 무, 무, 무, 무라…무라…무라….〉

학눌이 정신을 차리고 없을 무자를 붙잡으려고 하자, 그 순간 무자화두는 온데간데 없이 자취를 감추고 말았다. 조주선사의 형체도 음성도 더 이상 들려오지 않았다. 세찬 겨울바람 소리만 토굴벽을 뚫고 들려왔다. 늑대 우는 소리도 들렸다. 학눌의 가슴은 금방이라도 터질 것만 같았다.

없을 무(無)자 하나를 화두로 들어쥐고 반 칸 짜리 토굴 속에서 용맹정진 한다는 것은 그야말로 생사를 건 몸부림이었다.

깊은 산 속에 폭설이라도 내리는 날이면 쌓인 눈의 무게를 견디지 못해 나뭇가지 부러지는 소리가 여기저기서 쩌렁쩌렁 울려왔다.

어느 날이었다. 밤을 새우며 내리던 눈발은 날이 밝은 다음날에도 그칠줄 몰랐다. 올겨울 들어서 가장 심한 폭설같았다.

"스님, 스님, 큰일났사옵니다 스님."

사미승이 급히 석두스님의 방문을 열고 들어섰다.

"무슨 일이더냐?"

"예, 스님. 눈이 너무 많이 내려서 도무지 토굴까지 올라갈 수가 없사옵니다."

"무엇이라구? 아니 그럼, 토굴에 올라가다가 도중에 돌아왔다는 말이더냐?"
 석두스님은 비로소 놀란 표정을 지었다. 사미승이 걸친 옷에는 아직도 녹지않은 흰 눈이 그대로 있었다.
 "눈이 어떻게나 많이 쌓였는지 허리까지 푹푹 빠지옵니다, 스님."
 "그러면 토굴속에 들어앉아 있는 수좌는 어찌 되겠는고?"
 "…그야 뭐, 하루 정도는 어떻게 견디겠지요, 뭐……."
 사미승의 말소리는 더듬거리고 있었다. 순간, 석두스님의 호통소리가 터져 나왔다.
 "너 이놈!"
 눈을 부릅뜨고 한번 소리를 크게 지르고 나서 석두스님은 한동안 잠자코 있었다. 이 틈을 타서 사미승은 말을 이으려고 했지만 이내 석두스님의 단호한 목소리가 이어졌다.
 "…그렇지만 스님……."
 "저 토굴 속에 들어앉은 수좌는 하루에 한 끼를 먹고 하루에 한 번 지펴주는 군불로 견디고 있거늘, 눈이 좀 쌓였다고 해서 그마저 끊는다면 이 엄동설한에 어찌 목숨을 보존한단 말이던고? 이놈!……."
 "어떻게해서든지 기어이 올라가려고 발버둥을 쳤습니다만 눈이 너무 많이 쌓여있는 걸 어찌 하옵니까요, 스님……."

 노스님의 마음을 모르는 바는 아니었으나 나이어린 사미승 또한 누구보다도 학눌스님의 일을 걱정하고 있었다. 지금껏 하루도 빠지지 않고 공양그릇을 나르고 군불을 지펴오던 사미승이었다. 한 시간 남짓 토굴에 오르려고 눈길을 헤쳤지만 겨우 절반도 못 오르고 되돌아온 사미승이었다. 매일같이 오르내리던 길이었지만 하루종일 쌓인 눈은 방향조차 분간할 수 없게 만들어 버렸다. 자신의 발자국을 따라 간신히 되돌아온 사미승의 마음이야 오죽하랴.
 "지팡이를 가져오너라! 내가 올라갈 것이니라."
 사미승의 속마음을 알아차렸는지 석두스님의 목소리는 가라앉아 차분했지만 그 어조는 단호했다. 이를 만류하는 사미승의 안타까운 마음은 울음 섞인 목소리로 젖어 있었다.
 "…아이구 스님, 아니 되십니다요, 젊은 것도 못 올라갈 지경인데 노스님께서 어찌 올라가시겠다고 하십니까…."
 "평생토록 오르내린 산길, 눈 때문에 오고가지 못한 일은 없었느니라!"
 "아이구 스님……."
 "우리는 토굴에 들어간 수좌와 약조를 했었다.…하루에 한 끼 공양을 날라다 주기로 했고, 겨울에는 한 번씩 군불을 지펴주기로 약조를 했어……!"
 "그거야 누가 모르옵니까, 스님?"

"너 이놈! 그 약조를 알고 있으면서도 어기려 드느냐?"
석두스님의 목소리는 다시 한번 높아졌다.
"어기려고 하는 게 아닙지요, 스님…."
"출가대장부가 한 번 약조한 일은 죽기를 무릅쓰고 지켜야 하는 법. 어서 그 공양그릇을 이리 내놓아라."
석두스님은 다가앉으며 다그치고 있었다. 사미승이 품고 있던 공양그릇은 이미 식어 있었다.
"아, 아니옵니다 스님. 소승이 다시 한 번 올라가 보겠습니다."
"그러면 앞장은 내가 설 것이니라. 어서 따라오너라!"
"예, 스님……."
학눌이 엿장수 차림으로 금강산에 찾아왔을 때부터 그의 사람됨을 알아본 분이 바로 석두스님이었다. 석두스님은 또한 그에게 학눌(學訥)이라는 법명을 내리고 삭발출가를 허락한 스승이었다. 그런데 지금은 그 제자가 홀로 죽음과의 싸움을 하고 있는 것이다. 스승과 제자 사이의 약조를 지키기 위해 허리까지 빠지는 눈길을 헤치며 스승이 몸소 제자를 찾아가는 길이었다.
학눌이 법기암 뒤 토굴 속에서 혹독한 겨울을 견뎌낼 수 있었던 것은, 석두스님의 이러한 스승으로서의 도리와 사랑이 없었다면 불가능한 일인지도 모를 일이었다.
따스한 봄기운은 얼어붙었던 대지를 소리없이 녹여가고 있었다.

얼음 밑으로만 흐르던 개울물도 고개를 내밀어 햇빛에 반사되고 있었고 여기저기서 산새들의 울음소리가 들려오기 시작했다. 그러던 어느 이른 봄날이었다. 여느때와 다름없이 사미승은 공양그릇을 들고 토굴 앞에 이르렀다. 빈그릇을 챙기기 위해 공양구 앞에 손을 내민 사미승은 놀라지 않을 수 없었다. 어제 놓아둔 공양그릇이 비워지지 않은 채 그대로 있었던 것이다. 행여 밥맛이 없어서 먹다가 그만둔 흔적도 없었다. 고스란히 남아 있었던 것이다. 지금까지 한번도 없었던 일이었다. 놀란 나머지 사미승은 공양구에 입을 대고 목청껏 소리치기 시작했다.

"…아니 세상에! 스님, 왜 공양을 안 드셨습니까요? 예?……왜 그러세요? 왜 공양을 한 술도 안 뜨셨습니까, 스님? 왜 그러십니까요?……."

그러나 토굴 안에서는 아무런 대답도 들려오지 않았다. 사미승은 다시 한번 정신을 가다듬고 소리쳤다.

"스님! 스님! 제 말씀 들리십니까요, 스님? 왜 공양을 한 술도 안 뜨셨습니까요? 왜요? 스님, 스님, 스니임……."

"……."

사미승이 귀를 기울였지만 대답은 커녕 숨소리조차 느낄 수 없었다. 사미승의 가슴은 철렁 내려앉는 것 같았다. 갑자기 무서워지고 덜컥 겁이 났다.

"스님, 스님, 스니임……!"
"……."
하루전에 갖다놓은 밥그릇이 비어 있으면 토굴 속의 스님이 살아 있다는 표시였다. 그런데 오늘은 밥그릇에 밥이 그대로 담긴 채 고스란히 남아 있었던 것이다. 사미승이 놀란 것은 너무나 당연한 일이었다. 사미승은 돌멩이를 들어 벽을 치면서 소리를 질렀다.
"스님, 스님, 대답하십시오, 스님, 스니임……!"
그래도 아무런 인기척이 없자, 사미승은 더 큰 돌멩이를 집어와 벽을 두드렸다. 토굴벽이 허물어지든 말든 그런 생각은 안중에도 없는 듯했다. 몇 군데에서 조그마한 흙덩이들이 떨어졌다. 그때서야 인기척이 들려왔다.
"허허…거, 오늘은 왜 이리 야단인고?"
사람의 목소리였다. 틀림없는 학눌스님의 말소리였다. 토굴 속에 들어간 지 일 년 만에 들어보는 목소리였다. 또 한번 놀란 사미승은 들고 있던 돌멩이를 놓치는 바람에 자신의 발등을 찍을뻔 했다.
"아이구…살아계셨군요, 스님. 난 또 스님이 돌아가신줄 알았습니다요……그런데 대체 왜 공양을 한 술도 뜨지 아니하셨습니까요? 예?"
"공양을 들지 아니했다니, 그건 또 무슨 말이던고?"
"어제 갖다놓은 공양그릇이 그대로 남아 있으니 말씀입니다요."

"공양은 하루에 한 끼면 된다고 했거늘 어쩌자고 하루에 두 번씩 가져와서 소란을 피우는고?"
"예에? 하루에 두 번이라니요? 아닙니다 스님, 여기 놓인 이 공양그릇은 분명히 제가 어제 갖다놓은 것입니다요."
"아니다, 너는 오늘 두 번 왔을 것이다."
"아이구 참, 스님두······제가 언제 오늘 두 번 왔다고 이러십니까요?"
사미승은 어안이 벙벙해졌다. 마치 꿈을 꾸고 있는 것만 같았다. 사미승은 허벅지를 꼬집어보고 눈을 비벼보기도 했지만 분명히 꿈은 아니었다.
"공연히 소란 떨지말고 어서 그만 내려가지 못하겠느냐?"
학눌스님은 오히려 사미승을 질책하고 있었다.
"아, 예. 알겠습니다."
"애당초 당부한대로 공양은 하루에 한 끼만 가져오너라."
"허허, 나원 참, 내가 언제 두 번 왔다고 이러시는지 모르겠네."
영문을 모른 채 사미승은 혼자서 투덜거렸지만 학눌스님은 계속 다그치고 있었다.
"어서 그만 내려가거라!"
"알았습니다 스님, 알았다구요······."
사미승은 고개를 갸우뚱거리면서 하는 수 없이 공양그릇을 들고 토굴을 내려왔다. 토굴에 다녀온 사미승으로부터 전후사정을 전해 들은 석두스님은 깜짝 놀랐다.
"무엇이! 어제 갖다놓은 공양을 들지 않았더라구?"
"예, 그래서 처음에는 이 스님이 토굴 속에서 돌아가셨나 했습니다요."
"그런데, 살아 있기는 살아있더란 말이지?"
"예, 살아있기는 살아있는데 아무래도 좀 이상스러웠습니다요."
"이상스럽다니? 무엇이······."
사미승은 토굴에서 있었던 일을 설명하기 시작했다.
"아, 글쎄요 제가···, 왜 어제 갖다놓은 공양을 한 술도 뜨시지 않으셨습니까 하고 여쭈었더니 엉뚱한 소리를 하시지 뭐겠습니까요?"
"엉뚱한 소리···? 도대체 뭐라고 하더란 말이냐?"
"소승더러 왜 하루에 두 번씩 공양을 가지고 와서 소란을 피우느냐고 꾸짖지 뭐겠습니까요. 저더러 공양을 하루에 두 번 가지고 왔다고 우기시니 아무래도 정신이 오락가락 하시는 모양입니다요.······그렇지 않습니까요, 스님?"
"···그러니까 널더러 공양을 왜 하루에 두 번이나 가져왔느냐고 꾸짖더란 말이지?"
"예, 그렇습니다요."

"흐음……그래……!"
"저러시다가 정말로 정신이 나가버리기라도 하면 어떡하지요, 스님?"

여전히 사미승은 걱정스러운 표정을 떨치지 못하고 있었다. 석두스님은 고개를 끄덕이며 잠깐 미소를 머금는 듯 하더니 이내 엄숙한 표정으로 돌아와 말했다.

"걱정할 일이 아니니라!"
"걱정할 일이 아니라니요?"

사미승의 의문은 점점 더 깊어만 갔다. 사미승의 동그랗게 뜬 두 눈을 바라보며 석두스님은 타이르듯 말했다.

"옛 조사께서 이르셨느니라!……선정삼매에 들면 해가 뜨는 것도 모르고, 해가 지는 것도 모르게 된다고 말이다. …그리고 이러한 경지에 이르러야 비로소 선정삼매에 들었다고 말할 수 있다고 했느니라……."

"아니, 그러면 스님……?"
"토굴속에 들어간 학눌수좌가 이제야 참선삼매에 들어갔음이니 기뻐해야 할 일이니라……."

이제서야 사미승은 의문이 어렴풋이 풀려가는 듯했다.

석두스님의 짐작대로 학눌의 참선삼매(參禪三昧)는 봄눈이 녹는줄도 모르고 깊어갔다.

문을 막아버린 토굴 속에 들어앉아 오로지 무자화두 하나에만 매달려 수행을 시작한 지 어느덧 1년 6개월의 세월이 흘렀다. 눕지않고 앉아서만 수행하는 장좌불와(長座不臥)의 시간이었다.

그러던 어느 날, 1931년 여름 장마비가 개인 아침나절이었다. 토굴벽이 일시에 무너져 내렸다. 마침내 학눌이 자리에서 일어나 토굴벽을 발로 차 허물었던 것이다. 흙먼지를 뒤집어쓴 학눌의 모습은 말이 아니었다. 헝클어져 내린 머리는 얼굴을 반 쯤 뒤덮고 있었고 수염은 한 뼘이나 되었다. 그러나 1년 6개월 만에 바깥세상에 몸을 내민 학눌은 단 한 걸음도 내디딜 수가 없었다. 오랫동안 길고 긴 장좌불와로 두 다리가 모두 마비되다시피 한 때문이었다. 학눌은 엉금엉금 기어서 흙더미 사이를 빠져 나왔다. 그리고는 토굴 밖 산 속에 비스듬히 드러누웠다. 비 개인 맑은 여름 하늘을 쳐다보면서 학눌은 입속으로 오도송(悟道頌)을 읊조렸다.

바다밑 제비집에 사슴이 알을 품고
타는 불 속 거미집엔 고기가 차 달이네
이 집안 소식을 뉘라서 알랴
흰 구름은 서쪽으로 달은 동쪽으로.
(海底燕巢鹿抱卵
　火中蛛室魚煎茶

此家消息誰能識
白雲西飛月東走)

"대체 무슨 일로 이리 소란을 떠는고…?"
 문을 연 석두스님은 헐레벌떡 뛰어온 사미승에게 꾸짖듯 묻고 있었다. 문앞에 서 있는 사미승은 거친 숨만 몰아쉴뿐 얼른 대답을 못하고 있었다.
 "웬 소란이냐니까…?"
 "…나왔습니다요, 스님! 나왔다구요."
 "아니 인석아, 나왔다니 대체 무엇이 나왔다는 말이더냐?"
 사미승은 몇 번 침을 삼키고 나서 말했다.
 "토굴속에 들어갔던 스님이 토굴벽을 박차고 나왔습니다요, 스님…!"
 "무엇이? 아니 그럼……학눌수좌가 토굴에서 나왔단 말이더냐?"
 "예, 스님. 지금 토굴 밖 숲속에 앉아 계시온데 걸음을 제대로 걷지 못하옵니다요……."
 "어서 대중들을 데리고 가서 부축해 오너라. 내가 바삐 만나보고 싶구나!"
 토굴 속에 들어갔던 제자와 그 제자를 토굴 속에 들여보냈던 스승은 실로 일 년 반 만에야 다시 만나게 되었다. 그동안 자라난 머리카락과 수염, 씻지 않은 얼굴. 그러나 학눌스님의 두 눈에서는 깊은 광채가 빛나고 있었다. 이러한 학눌의 모습을 바라보면서 스승은 대뜸 제자가 한 소식 했음을 알아보았다.
"그래…자네가 기어이 한 소식 얻었네, 그려……."
"그동안 베풀어주신 은혜 막중하옵니다, 스님."
"그럼 이제 나한테 한 소식 일러주시게."
"예, 스님."
학눌은 스승 앞에서 다시 오도송을 읊어드렸다. 스승과 제자 사이에는 엄숙한 분위기가 감돌았다. 제자의 오도송을 듣고나서 석두스님 또한 전송(傳頌)을 내려 이에 화답했다.

봄이 오니 온갖 꽃 누굴 위해 피는고
동으로 가면 서쪽으로 가는 이익 보지 못하네.
흰머리 자식이 검은머리 아비에게 나아가니
두 마리 진흙소가 싸우다 바다에 들어간다.

금강산 법기암 뒤 문없는 토굴에서 장좌불와 끝에 깨달음을 얻은 것은 학눌의 나이 마흔 네 살 때의 일이었다. 출가득도한 이후, 삼천리 방방곡곡에 걸친 운수행(雲水行)과, 경행(經行)도 마다하고

엉덩이가 짓물러 터져 피고름이 맺히도록 철저했던 동안거(冬安居), 그리고는 문없는 토굴 속에 들어가 장좌불와(長座不臥 ; 오랫동안 눕지 않는 수행)의 끊임없는 참선삼매 끝에 마침내 조주선사의 무자화두(無字話頭)를 깨쳤던 것이다.

5
부처는 네 마음 안에 있으니

　서른 여덟 나이의 늦깎이로 출가하여 목숨을 내던진 장좌불와(長座不臥)의 고행끝에 마침내 큰 깨달음을 얻은 학눌스님은 곧 유점사(楡岾寺)로 내려왔다. 1932년 음력 4월 초파일에는 금강산 유점사에서 동선화상을 계사로 구족계와 보살계를 받고 그곳에 머물면서 참선수행을 계속하고 있었다.
　이때까지만 해도 학눌스님은 자신의 화려했던 과거를 숨긴 채 스스로 엿장수 수좌임을 자처하고 있었다.
　그러던 어느 날이었다. 학눌스님은 점심공양을 마치고 유점사 뜰을 거닐고 있었다. 그렇게 많은 숫자는 아니었지만, 유점사에 올라 금강산의 산봉우리를 감상하거나 경내의 이곳저곳을 돌아보는 관광객들이 눈에 띄었다. 말하자면 상춘객(賞春客)들이었는데, 학눌은 그 상춘객들을 감상하고 있었다.
"여, 여보시오 스님."
옆에서 고개를 들이밀며 누군가가 말을 건네왔다.
"저 말씀입니까요?······."
"내 얼굴을 똑바로 보시오. 나를 모르시겠소?"
천천히 고개를 돌린 학눌은 낯선 사내와 얼굴이 마주치자 갑자기 근육이 굳어지기 시작했다.
"아니··· 이거?"
사내는 우리말을 하고 있었지만 발음이 정확하지 못했다. 일본인임이 분명했다. 그러나 학눌이 놀란 것은 그의 말소리 때문이 아니었다. 얼굴이 마주치는 순간부터 학눌은 못볼 것을 본 표정이었다.
"나요, 나···와타나베 판사요, ···당신은 이찬형 판사가 틀림없지요?
"······."
두 눈을 크게 뜨고 들여다보는 일본인 앞에서 학눌은 석상처럼 굳어 있었다. 그저 멍하니 서 있기만 했다. 잠깐동안의 침묵이 흘렀다. 일본인은 두 손바닥을 치는 시늉을 하면서 다시 말문을 열었다.
"아, 이게 도대체 어떻게 된 겁니까? 이찬형 판사가 스님이 되어 있으니······."

어이가 없다는 듯이 일본인은 학눌의 얼굴과 하늘을 번갈아가며 쳐다보고 있었다. 한숨섞인 숨소리가 학눌의 귓가에 맴돌았다. 그때서야 학눌은 정신을 차리는 듯했다. 급히 고개를 좌우로 돌려 사방을 둘러보고는 옷소매를 잡아 끌었다.

"…제발…이, 이쪽으로 오십시오. 와타나베 판사님……."

"아니 이거 왜, 나를 구석으로 끌고 가고 이러십니까?"

"제발 부탁입니다, 와타나베 판사님. 이 절에서는 내 과거 신분에 대해서 아무것도 모르고 있습니다."

"아니, 당신이 판사였다는 사실을 아무도 모르고 있단 말입니까?"

다시 한번 일본인 와타나베의 두 눈이 휘둥그레졌다. 목소리도 점점 커졌다. 그럴수록 학눌은 몸둘 바를 몰라했다.

"쉬잇! 제발 부탁입니다. ……난 그저 떠돌이 엿장수를 하다가 중이 된 걸로 알고 있습니다."

"당신이 떠돌이 엿장수였다구?"

"예, 그러니 제발……내 과거 신분에 대해서는 아무에게도 발설하지 말아 주십시오. 부탁입니다."

학눌스님은 거의 애원하다시피 했다. 일본인 판사 역시 놀란 마음을 진정하지 못하고 있었다.

평양 복심법원의 판사로 있던 사람이 온다간다 말 한 마디 없이 행방을 감춘 지 7년째, 바로 그 조선인 판사 이찬형(李燦亨)을 유점사 뜰 안에서 만나게 되었으니 옛 직장동료인 와타나베 판사로서는 어이가 없었던 것이다. 더구나 판사를 지내던 사람이 삭발출가한 승려가 되어 자신의 과거 신분을 비밀로 해달라고 하니 얼른 이해할 수가 없었다.
 학눌스님은 하는 수 없이 와타나베를 절 뒤곁으로 끌고 가서 차근차근 사정을 털어놓는 수밖에 없었다.
 "이것 보시오, 이 판사……!"
 "제발 그 판사 소리는 하지 말아 주십시오, 부탁입니다."
 "좋소. 그런데 도대체 어떻게 된 일이오? 왜 온다간다 말 한 마디 없이 사표도 제출하지 않은 채 행방을 감췄던 거요?"
 "이제와서 자세한 얘기를 해봐야 무슨 소용이 있겠습니까? 그냥 판사 노릇 하기가 싫어서 도망쳤다고 해 두지요……."
 학눌이 말끝을 흐리면서 조용히 말하자 와타나베도 긴 한숨을 쉬고 나서 원망섞인 목소리를 뱉어냈다.
 일본인 동료판사가 법복을 벗어던지고 집을 떠나버린 조선인 판사 이찬형의 괴로움을 어찌 짐작이나 할 수 있었을 것인가. 그리고 똑같은 사람이면서 몇 줄의 법조문으로 어찌 감히 사람의 목숨을 빼앗는 '사형!'을 언도할 수 있는가를 두고 며칠밤을 뜬눈으로 새워야했던 조선인 판사 이찬형의 고뇌를 상상이나 할 수 있을 것인

가. 최초로 내린 사형언도, 그리고 그 사형언도를 받고 저주를 퍼붓던 조선인 사형수의 얼굴……. 그래서 그는 법복을 버렸다.

"나는 지금도 도무지 이해할 수가 없단 말이오! 그 어느 누구보다도 장래가 촉망되던 젊은 판사가 이렇다 할 이유도 없이 행방불명 됐으니……기다리다 못해 별 수 없어서 당신 대신 내가 사표를 제출했었단 말입니다……."

"여러 가지로 미안하게 됐습니다."

두 사람은 서로의 얼굴을 쳐다보며 한동안 말이 없었다. 새삼스런 만남이 신기하다는 듯 와타나베 판사는 다시 한번 학눌의 모습을 훑어보더니 입을 열었다.

"…그래, 그때 집을 떠난 뒤 곧바로 삭발출가해서 스님이 되신 겁니까?"

"…그런 셈이지요. 한동안 팔도강산을 떠돌아 다니다가 결국은 이렇게 중이 되었습니다."

"그러면 지금은 평양의 가족들도 당신이 승려가 된 것을 알고 있습니까?"

"…그야, 알고 있을 리가 없습니다. 죽은 사람으로 치고 있겠지요."

"허허…이럴 수가 있나, 그래. 내 돌아가거든 당장 연락을 하겠소이다."

학눌은 두 손을 내저었다. 그리고는 바짝 다가섰다.
"와타나베 판사님!······."
"···왜 그러시오?"
"소승, 판사님께 두 가지 간절한 부탁이 있소이다."
"부탁이라니요? 어디 말해 보시오."
학눌스님의 간절한 부탁이라는 것은, 그 첫째가 자신의 과거 신분에 대해서 누구에게도 단 한 마디도 발설하지 말아달라는 것이었고, 특히 자신의 가솔들에게는 자신을 만났다는 사실조차 알리지 말아달라는 것이 두번째 부탁이었다.
학눌의 말을 듣고난 와타나베는 고개를 끄덕이며 알았다는 시늉을 보이면서도, 마치 혐의자로부터 증거를 포착한 수사관처럼 능청을 떨었다.
"···그거야 뭐 어려운 부탁은 아니오만, 어디 한번 두고두고 생각 좀 해 봅시다."
확답을 하지 않고 여운을 남기는 것이 학눌로서는 답답한 노릇이었으나, 와타나베의 그러한 말투는 학눌을 해롭게 하거나 까탈을 부리고자 하는 것이 아니었다.
학눌스님이 옛 동료판사였던 일본인에게 그토록 간절히 부탁했건만, 와타나베는 학눌과 헤어지고 나서 유점사 주지스님을 만나고 있었다.

"…무엇이라구요? 우리 절 승려가운데 판사를 지낸 사람이 있다구요?"

"아직 모르고 계셨던가요?"

"듣느니 초문입니다! 아니 그래, 우리 절 어느 승려가 판사를 지냈다는 말씀이신지…."

"엿장수 수좌라는 별명을 가진 승려가 있을 텐데요?"

"엿장수 수좌?……아 예, 참선수행하는 수좌 가운데 그런 별명을 가진 사람이 있긴 있습니다만……."

"바로 그 사람이 판사생활을 십 년이나 지냈습니다."

"예에? 아니 그럼……그 수좌가 정말로 판사를 지냈단 말씀입니까?"

주지스님은 여전히 놀란 표정을 풀지 못하고 있었다.

"평양 복심법원에서 나하고 같이 근무했었지요. 어느 날 갑자기 행방불명이 되었는데, 내가 오늘에야 이 절에서 만났소! 아까……."

"원 세상에 그럴 수가……!"

유점사 주지는 두 눈을 몇 번 꿈벅이더니 비로소 고개를 끄덕이기 시작했다. 어딘가 집히는 데가 있는 모양이었다. 주지스님의 표정을 지켜보고 있던 와타나베는 사뭇 명령조로 말을 이었다. 법정에서 근무하는 그의 직업적인 말투가 섞여 있었다.

"엿장수 출신이라고 해서 혹 괄시라도 받고 있는 게 아닌가 싶어 알려드리는 것이니, 각별히 조심해서 대접하도록 하시오."

순간적이기는 하나 다소 귀에 거슬리는 일본인 판사의 말투에도 불구하고 주지스님은 겸손한 태도를 잃지 않았다.

"원 무슨 말씀을요? 우리 절 집안에서야 괄시하고 대접하고 그런 일이야 원래부터 없습니다만……, 아무튼 그 말을 듣고보니 이제야 그 수좌에 대한 의문이 풀리게 되었습니다."

"의문이 풀리게 되다니요?"

"엿장수를 했다는 사람 답지 않게 학식도 넓고 심지도 깊고 남다른 데가 많았으니까요……."

그랬다. 엿판을 메고 맨 처음 보운암에 나타났을 때부터 그는 남다른 구석이 있었다. 그러나 학눌이 자신의 입으로 말한 것은 자신의 직업이 팔도강산을 떠돌아 다니는 엿장수요, 조실부모한 고향도 모르는 고아라고 했다. 이찬형(李燦亨)이라는 이름의 '찬(燦)'자와 '형(亨)자'를 '원명(元明)'으로 고쳐 자신의 본명을 '이원명(李元明)'이라고 했다. 그뿐인가? 전직 신분이 믿기지 않아 시험삼아 떠보는 스님들 앞에서 그는 필사적으로 엿장수 흉내를 해보이며 가위질과 타령을 해댔다. 그 이후로 그는 엿장수 수좌 또는 절구통 수좌로만 통하고 있었다.

유점사에 봄나들이 왔던 일본인 판사가 학눌스님의 간절한 부탁

을 받고도 발설을 하는 바람에 학눌은 더 이상 자신의 과거신분을 감출 수 없었다. 입에서 입으로 전해진 학눌의 과거행적은 화제거리가 되기에 충분했다. 학눌에게는 엿장수 중, 절구통 수좌라는 별명에 이어 '판사 스님'이라는 또 하나의 별명이 따라붙게 되었다.

평소에 늘 가까이서 따르던 사미승이 더욱 신뢰하는 눈빛으로 학눌에게 물었다.

"…스님!"

"왜 그러시는가?"

"스님께서는 왜 판사를 지낸 것을 지금까지 숨기셨습니까?"

학눌스님은 그윽한 사미승의 눈매를 마주하며 이내 착잡한 표정으로 말했다.

"……일본사람 밑에서 판사노릇 한 것이 무슨 자랑거리가 되겠는가? 부끄러운 일이지."

"아니 그런데, 스님……바랑은 왜 또 챙기십니까요?"

학눌은 주섬주섬 바랑을 앞에 놓고 담을 것과 남길 것을 나누고 있었다.

"떠나려고 그러네……."

"어디로요?"

"…아무 곳이나 한적한 곳으로 가고 싶구먼……!"

학눌스님은 자신의 과거 행적이 스승인 석두스님은 물론 유점사의 많은 대중들 앞에 밝혀지자, 스스로 유점사를 떠나기로 마음을 정했던 것이다.

유점사는 천년고찰인데다가, 그 창건에 얽힌 전설과 많은 국보급 문화재 때문에 너무나도 유명한 사찰이었다. 또한 유점사 뜰에서 바라보는 금강산의 경치는 일품이어서 봄부터 늦가을까지 수많은 관광객들이 찾아드는 곳이었다.

학눌스님은 유점사에 머무는 동안 사찰임야 소송에 관여하게 되었고, 1심에서 패소한 재판을 3심에서 승소하는 등 판사 때의 실력을 발휘하기도 했다. 그러나 과거의 신분이 밝혀진 이후 유점사에 머무는 일은 불편하기 짝이 없었다.

그래서 옮겨간 곳이 금강산 온정리 과수원 안에 자리잡고 있는 여여원(如如院)이라는 선방(禪房)이었다. 이 여여원은 당시의 숨은 독립투사, 일허거사가 세운 암자였는데, 여여원 뒤쪽에는 조선 독립투사들을 숨겨주는 토굴도 마련되어 있었다.

학눌스님은 유점사를 떠난이후 이곳 여여원에서 참선수행을 계속하고 있었다.

그러던 어느 여름날이었다. 방문을 활짝 열어놓고 마당쪽을 향해 가부좌를 틀고 참선을 하고 있던 학눌스님의 시야에 웬 젊은 남녀의 모습이 보였다. 젊은 남녀는 서로의 손을 잡고 다정스럽게 이야기를 주고받고 있었다. 참선수행하는 도중에 그 모습을 막연히 바

라보던 학눌스님은 소스라치게 놀라 소리를 지를뻔 했다.

　여여원 마당안에 들어와 있는 그들 가운데 남자가 다름아닌 학눌스님의 큰아들 영발이었다. 아무말 없이 속세에 두고 떠나온 자신의 피붙이였다. 키도 크고 몸집은 더 불었지만 얼굴 생김새는 변함이 없는 아들의 모습이었다.

　학눌스님은 갑자기 방향을 바꾸어 돌아 앉아버렸다. 한 번 가부좌를 틀고 앉으면 미동도 없기로 유명한 절구통수좌가 갑자기 몸을 돌려 앉았으니, 이를 지켜보던 다른 수좌들은 모두들 놀라는 눈치였다.

　젊은 남녀 한 쌍이 다정스런 모습으로 이곳저곳을 둘러보고 떠나간 뒤, 학눌스님은 몇 번이나 망설이다가 절 살림을 맡고 있는 처사(處士)를 불렀다. 날은 이미 저물어 있었다.

　"부르셨습니까요, 스님?"

　"그래, 아까 낮에 말일세…… 이 여여원에 웬 젊은 남녀가 들어왔었는데 자네 알고 있었는가?"

　"……아, 예. 신혼부부라고 하더군요."

　"신혼부부라고?"

　학눌스님은 또 한 번 놀라고 있었지만 처사는 차분히 하던 말을 계속했다.

　"신혼여행을 왔는데, 웬일인지 이 여여원 뜰 안을 꼭 한 번 구경하고 싶다고 사정을 하기에 잠깐 둘러만 보고 나오라고 허락을 했습지요. 제가요……."
 "그, 그럼, 그 신혼부부가 달리 무슨 말을 묻지는 않았던가?"
 "……달리 뭐 물어본 말은 없었구만요. 그런데 왜 그러십니까 스님? 그 사람들이 뭐 잘못한 일이라도 있었습니까요?"
 학눌스님은 처사의 말을 듣는 둥 마는 둥 두 눈을 허공에 정지시킨 채 아무 말이 없었다. 다시 한번 처사가 걱정스런 목소리로 물어 왔을 때에야 고개를 돌렸다.
 "아, 아닐쎄. 그만 되었으니 가서 일 보시게."
 "예, 저……그럼 소인 이만 물러가겠습니다요."
 처사가 허리를 약간 굽히며 뒤돌아서자 학눌스님은 다시 그를 불러 세웠다.
 "……여, 여보시게. 잠깐만."
 "예? 왜 그러십니까요, 스님."
 "낮에 왔던 그 신혼부부 말일쎄……."
 "예, 스님."
 "그 신혼부부가 여기서 자고 간다던가, 아니면 그냥 간다고 그러던가?"
 "그, 글쎄올습니다요? 그런 말은 물어보지 않아서 잘 모르겠습니다만, 지금이라도 제가 한번 알아볼까요? 객주집이래야 두 집밖

에 없으니 나가서 물어보면 금방 알 수 있을 겁니다."
 "그럼 나가서 한번 알아봐 주시겠는가? 그 신혼부부가 오늘밤 여기서 묵고 있는지……."
 잠시 망설이고 있던 학눌스님은 뭐라고 표현하기 힘든 마음의 동요를 이기지 못한 채 이런 부탁을 하고 말았다. 참으로 어려운 결단이었다.
 "그야 뭐, 어렵지 않습니다요. ……허데 대체 왜 그러십니까요, 스님?"
 "……별다른 일은 아니고……옛날 한 마을에서 살던 이웃집 젊은이 같아서 그러네."
 학눌스님이 둘러댔다. 처사는 한시라도 빨리 동향인이 상봉하는 것을 보고싶어서인지 급히 발걸음을 돌리면서 물었다.
 "그럼 소인이 얼른 가서 알아보고 오겠습니다요. ……만일 객주집에 묵고 있으면 데려올깝쇼?"
 "아, 아니네. 묵고 있다면 내가 나가서 만나 보겠네."
 신혼부부를 절간으로 데려오느니 차라리 자신이 직접 찾아가서 만나보겠다는 다짐이었다.
 법관으로써의 출세와 권위를 내던지고 아내와 자식들을 버린 채 집을 뛰쳐나온 이후 처음으로 보게된 큰아들 영발의 얼굴. 학눌스님은 잠깐 바라본 큰아들의 얼굴을 대한 순간, 집에 남겨두고 온

아내의 얼굴, 둘째아들 영실, 그리고 한창 재롱을 떨던 딸의 모습을 떨쳐버릴 수가 없었다.
　아무리 삭발출가한 승려의 신분이었지만, 이제는 장성하여 일가를 이룬 큰아들에게 새로운 인생의 출발을 격려해 주고 싶었던 것이다. 비록 아비노릇을 하지 못한 데 대해 속가의 아들로부터 원망의 소리를 들을지라도…….
　"스님, 스님!"
　"그래 내려가서 알아보셨는가?"
　"예, 알아봤습니다. ……하온데 그 신혼부부는 아까 해질녘에 떠났다고 합니다요. 자동차편으로요."
　"벌써? 자동차편으로?"
　"예."
　스님은 한동안 멍하니 앉아 있었다. 맥이 빠지는 모습이었다. 이내 두 눈을 지그시 감고 나서 떨리는 목소리로 뇌었다.
　"……수고하셨네. ……나무아미타불 관세음보살!"
　"저…스니임—."
　"……으응? 왜?"
　"대체 그 신혼부부와는 어떻게 되시기에 그러십니까요?"
　한 마을에 살던 이웃집 젊은이라고 얘기했건만, 그 말이 미심쩍었던지 처사가 다시 물었다.

"아, 아닐쎄. 아무일도 아니야……."

학눌스님은 두 눈을 감은 채 조용히 돌아앉았다. 선방에 앉아서 잠깐 바라본 큰아들의 모습. 그것은 출가이후 처음 맞은 가족과의 상봉이었지만 말 한 마디 건네보지 못하고 떠나보낸 아쉬운 순간이었다.

멀리서 두견새 우는 소리가 밤의 정적을 가르며 더욱 처량하게 들려왔다.

"스님, 왜 또 걸망을 챙기십니까요?……예?"

사미승은 잔뜩 안타까운 눈빛으로 걸망을 챙기는 학눌스님을 바라보고 있었다. 신혼여행 왔던 큰아들의 얼굴을 잠시 본 이후로 학눌스님은 며칠 동안 깊은 생각에 잠겼다. 그리고는 마침내 여여원(如如院)을 떠나기로 마음을 정한 것이다.

"이제 이 금강산도 나 하고는 인연이 다 되었느니라."

"인연이 다 되다니요, 스님?"

"내가 금강산을 떠날 때가 되었으니 그래서 떠나는 것. ……그동안 수고가 많았느니라."

"하오면 스님, 대체 어디로 가시렵니까요?"

"산마다 선방이요 골마다 암자이거니 머리깎은 중이야 어디로 간들 걸리겠느냐. 물따라 구름따라 흘러흘러 갈 것이니라."

"소승도 스님을 따라가고 싶사옵니다."

엿장수 행색을 하고 금강산에 들어섰을 때부터 지금까지 학눌스님과 가장 가까이 지낸 것은 사미승이었다. 보운암 시절에는 절 살림을 하면서 서로에게 농을 건네기도 하고, 학눌이 법기암 뒤 토굴에서 일 년 반 동안 목숨을 내걸고 화두에 매달렸을 때에는 하루도 거르지 않고 공양그릇을 나르고 군불을 지피던 사미승이었다. 그렇게 사미승은 학눌을 믿고 따랐으며 학눌 또한 사미승을 자신의 피붙이 이상으로 각별히 신경을 쓰며 돌보고 있었다. 사미승이 학눌을 따라 나서고 싶은 것은 당연한 심정이었으나 학눌은 오히려 냉담했다.

"이제 내 한 몸도 떠돌이 객승이거늘, 너는 큰스님 밑에서 공부를 해야할 것이니 운수행각은 그 후에 해도 늦지 않을 것이니라."

"하오나, 스님……."

"누가 내 행방을 묻거든 뜬구름 흘러가는 곳 남쪽을 향해 떠났다고 일러주어라."

어느새 사미승의 눈에는 물기가 젖어 있었지만, 학눌은 그 두 눈을 빤히 들여다보면서도 오히려 태연하게 말하고 있었다.

사미승은 그래도 미련을 떨치지 못해 또한번 물었다.

"정말 떠나시렵니까, 스님?"

"인연이 닿으면 또 만날 것이니 열심히 수행해야 할 것이야."

"하오면 스님, 떠나시기 전에 한 마디 일러 주십시오. 어떻게 수행을 해야 견성성불할 수 있는 것이옵니까?"

따라나설 것을 포기하고 난 질문이었다.

"엉뚱한 곳에서 부처를 찾지 말 것이니라."

"하오면……부처는 대체 어디에 있는 것이옵니까?"

"부처는 허공에 있고 부처는 발밑에 있고 부처는 네 손 안에 있고 부처는 네 마음 안에 있으니……멀리서 찾으려들면 십 년 공부도 소용없을 것이니라."

거침없이 이어가는 학눌의 법담을 한 마디라도 놓칠세라 귀를 세우고 듣고난 사미승은 다시 고개를 내밀며 입을 열었다.

"하오면 스님……."

이때였다. 학눌은 옆에 있던 죽비를 들어 사미승의 어깨쭉지를 내리쳤다. 사미승은 두 눈을 찔끔 감았다.

"인석아! 부처는 깨달아야 부처가 되는 법. 네 손에 쥐어주기를 기다리면 아무것도 얻을 것이 없는 법이다!"

잠시 사이를 두고 학눌스님은 자리를 털고 일어났다.

"자, 그럼 공부 잘해라. 나는 그만 가봐야겠다."

"예, 스님. 조심해서 살펴가십시오, 스님……."

사미승은 울먹이며 더 이상 말을 잇지 못했다. 눈물을 참고 있는 듯했으나 결국은 고개를 숙이고 말았다.

금강산을 떠난 학눌스님은 발길을 남쪽으로 옮겼다. 산자락 강구비를 돌고돌아 오대산 상원사(上院寺)에 이르러 한암(漢岩)스님 문하에서 한철을 수행했다. 상원사에 주석(住錫)하고 계시던 한암스님은 학눌에게 포운이라는 호를 지어주며 게송을 내려주었다.

망망한 큰 바다에 물거품이요
적적한 절은 산꼭대기 구름이네.
이것이 우리 집안 다함없는 보배거니
시원스레 오늘 그대에게 주노라.

학눌은 다시 발걸음을 옮겨 충청도 예산으로 향했다. 예산 덕숭산(德崇山)에서 만공(滿空)스님을 찾아뵙고 또 한철을 수행했으니, 만공스님 역시 학눌에게 선옹이라는 호를 지어주고 게송을 내렸다.

치우치지 않는 바른 도리를
이제 선옹법자에게 부촉하노니
밑바닥 없는 그 배를 타고
흐름을 따라 묘한 법을 나타내거라.

　만공스님 밑에서 한철 수행을 마치고 덕숭산을 떠난 것은 1937년 음력 정월이었다. 학눌은 다시 발길을 남쪽으로 내딛어 전라도 승주군 조계산에 이르렀다. 조계산(曹溪山)에 자리잡고 있는 송광사(松廣寺)는 일찍이 고려시대 때 지눌(知訥) 보조국사가 정혜결사(定慧結社)운동을 벌여 기울어가던 고려불교를 다시 일으켜 세운 유서깊은 도량(道場)이었다. 불보(佛寶)사찰인 통도사(通度寺), 법보(法寶)사찰인 해인사(海印寺)와 함께 송광사는 승보(僧寶)사찰로 알려신, 삼보(三寶)사찰의 하나로써 그만큼 훌륭한 스님들이 많이 배출된 곳이기도 했다. 많은 국사(國師)들이 이곳 송광사에서 그들 나름대로의 불법(佛法)을 널리 떨쳤던 것이다.

6
꿈속에 설법을 듣다

조계산에 발길을 들여놓은 학눌은 새삼스런 생각에 사로잡혔다. 자신은 평안도 태생이요 이곳 전라도 땅 조계산에는 처음 온 길이 었는데, 이상하게도 낯설다는 느낌이 전혀 들지 않았다. 조계산은 웅장한 맛을 지닌 산도 아니었고 금강산처럼 수려한 경치를 자랑할 만한 곳도 아니었다. 오랫동안 금강산에서 수행을 했던 학눌스님에게는, 이상하리만치 이 송광사가 낯설지 아니하고 오래전부터 잘 알고 있던 절같이 느껴졌던 것이다. 아니 깊은 산중에 묻혀있는 사찰이라기 보다는 오히려 푸근한 고향마을에 온 것 같은 느낌을 맛보았던 것이다.

"허허……이것 참 이상한 일이로다!"

"무엇이 그리 이상하다고 그러시는지요, 스님?"

혼잣말처럼 중얼거리며 주위를 둘러보는 학눌에게 옆에 있던 스님이 넌즈시 그 이유를 물었다.

"나로 말하면 그 태생이 평안도요, 그동안 팔도강산을 두루두루 유람하긴 했지만 이 조계산 송광사는 오늘이 첫걸음이거늘, …… 그동안 금강산에만 머물러 있었는데 이상하게도 이곳이 낯설지 아니하고 그전에 살았던 내집처럼 느껴지니 이상한 일이 아니겠는가?"

"그러시다면 아마도 전생에 인연이 깊으셨던가 보옵니다, 스님."

"방금 자네, 무엇이라고 그랬는가?"

"예, 스님께서 이곳 송광사와 전생에 인연이 깊으신 것 같다고 말씀드렸사옵니다."

학눌스님은 고개를 두어 번 끄덕이며 무릎을 쳤다. 그리고는 목을 뒤로 젖히며 크게 웃음을 터뜨렸다.

"그래, 바로 맞았네! 내가 전생에 바로 이 송광사에서 중노릇을 했던 모양일세……그렇지 않고서야 이 송광사가 어찌 옛 고향집처럼 느껴지겠는가? 꼭 내 고향집에 온 것 같다니까, 응? 허허허허 ……!"

학눌은 삼일암에 머물면서 편안하고 흡족한 나날을 보내고 있었다. 그러던 어느 봄날이었다. 새벽녘에 원명은 꿈을 꾸고 있었다.

 산천을 뒤흔드는 징소리가 한 번 울리더니 메아리가 되어 멀리 사라져갔다. 그리고 나서 은은한 음성이 꿈결을 타고 학눌에게로 다가왔다.
 〈삼일암에 있는 그대는 잘 들으라!〉
 〈예에? 대체 누구시온지요?〉
 은은한 목소리와 함께 키보다 훨씬 긴 주장자(柱杖子)를 짚고 하얀 수염을 늘어뜨린 한 노인이 학눌 앞에 나타났다. 산봉우리에 서 있는 것 같기도 하고 구름 위에 떠 있는 것 같기도 했다.
 〈나는 보조국사의 16세 법손 고봉이니라!〉
 〈예에? 고봉국사님이시라구요?······고봉국사님이시라면 조선왕조 마지막 국사스님이 아니시옵니까?〉
 〈그래, 내가 바로 그 고봉이니라!〉
 고봉(高峰)은 송광사 16국사(國師)의 마지막 스님이었다. 고봉 또는 지숭(志崇)이라고 불리는 스님의 본래 법명은 법장(法藏)이었다. 고봉은 스무 살의 젊은 나이에 승선(僧選)에 급제, 풀피리를 불며 표주박 한 개를 가지고 여러 곳으로 다니다가 경북 안동에다 청량암을 짓고 송광사를 중창하다가 조선 세종 10년에 열반에 든 큰 스님이었다.
 물론 학눌로서는 생전에 고봉국사를 뵌 일이 없었지만, 지금은 꿈결이나마 그 고봉국사가 신선의 모습으로 나타나 있는 것이다.

그리고는 주장자를 내리치며 학눌에게 호령하듯 말하고 있는 것이다.
〈내 이제 그대에게 효봉이라는 법호를 내리노라! 그리고 한 마디 게송을 전해줄 것이니, 잘 들었다가 제대로 지녀야 할 것이니라!〉
〈예, 스님. 명심해서 듣겠사옵니다.〉
〈번뇌가 다할 때 생사가 끊어지고
미세히 흐르는 망상 영원히 끊어지네.
원각의 큰 지혜는 항상 뚜렷히 드러나니
그것은 곧 백억의 화신불(化身佛) 나타냄이네……
제대로 잘 들었느냐? 이 게송을……!〉
〈예, 스님. 명심해서 잘 들었사옵니다.〉
〈그럼 난 가봐야겠다! 이 게송을 잊어서는 안 될 것이니라, 효봉아……!〉
다시 한번 징소리가 크게 울리더니 고봉국사의 모습은 가물가물 멀어져 갔다.
"스님, 스님, 어디로 가십니까? 스님……!"
꿈이었다. 1938년 음력 4월 28일 새벽의 일이었다. 문득 잠에서 깨어난 학눌스님은 꿈속에서 고봉국사로부터 전해들은 자신의 법호(法號)와 게송(偈頌)을 다시 한번 되뇌었다. 그리고는 곧바로 지필묵을 꺼내 글로 적기 시작했다.

꿈속에 설법을 듣다.

삼일암에 있는 효봉법자에게 보조국사 16세 법손 고봉국사께서 설하시다.

〈번뇌가 다할 때 생사가 끊어지고,
미세히 흐르는 망상 영원히 끊어지네.
원각의 큰 지혜는 항상 뚜렷히 드러나니
그것은 곧 백억의 화신불 나타냄이네.〉

불기 2천 9백 65년 4월 스무 여드레 새벽, 꿈속에 설법을 듣고 깨어 바로 기록하다.

이때부터 학눌스님은 꿈에서 받은대로 법호를 '효봉(曉峰)'이라 하고, 많은 대중들도 이제는 학눌 대신에 효봉이라는 법호를 즐겨 부르게 되었다.

10여년 전 금강산 보운암에서 스승인 석두스님이 지어준 '학눌(學訥)'이라는 법명을 줄곧 써 오다가, 송광사에서 꿈속에 나타난 고봉국사에 의해 '효봉'이라는 이름으로 다시 태어났던 것이다.

이후 효봉(曉峰)은 송광사 선원 삼일암에 머물면서 안으로는 참선수행에 정진하면서 밖으로는 젊은 수좌들을 지도하는 바쁜 나날을 보내게 되었다. 그러던 어느 날이었다.

"스님, 어떤 객승이 스님을 뵙겠다고 하옵니다요."

"객승이 나를 보겠다고?"
 시봉의 말을 듣고 방문을 열자, 뜰앞에는 이미 한 젊은 수좌가 시봉과 나란히 서 있었다.
 "예, 스님. 바로 이 수좌이옵니다요."
 "지나가던 객승 문안 드리옵니다."
 "어느 선방에서 오신 수좌이던고?"
 "소승은 선방에서 온 객승이 아니오라 강원에서 온 객승이옵니다."
 효봉스님은 젊은 수좌를 방안으로 불러 들였다. 그리고는 먼저 입을 열었다.
 "강원에서 온 객승이라고?"
 "그렇사옵니다, 스님. ……다름이 아니오라 소승이 생각하기로는 우리 조선불교에 큰 병폐가 있기로 스님의 고견을 듣고자 찾아 뵌 것이옵니다."
 "조선불교에 큰 병폐가 있다니……그것은 또 무슨 소리던고?"
 "예, 소승이 알기로 조선불교는 선(禪)과 교(敎)로 나뉘어 서로가 제일이라 우기고 있사옵니다."
 "선과 교로 나뉘어 서로가 제일이라 우기고 있다……?"
 객승의 두 눈은 반짝이고 있었다. 제법 말투가 분명하고 자신의 뜻을 굴절없이 표현해 내고 있었다.

"그렇사옵니다. 소승이 알기로 부처님의 가르침인 교학을 익히거나 참선수행을 하는 것은 큰 바다에서 물고기를 잡는 것과 같다고 여겨지옵니다."

"그래서……?"

"……교학을 공부하는 것은 그물을 쓰는 법을 익히는 것과 같다고 생각되옵니다만, 선가(禪家)에서는 교학을 도외시한 채 어찌 그물쓰는 법을 배우지 아니하고 고기를 잡을 수 있다고 우기시는지요?"

효봉스님은 시종 미소를 머금은 채 듣고 있더니, 객승의 말이 끝나자 가벼운 웃음을 터뜨렸다. 그리고는 되물었다.

"허허허……교학만을 중시하는 사람들은 그물을 써서 고기를 잡겠다고 공부한다는 말이렷다?"

"그렇사옵니다."

"그대가 비유를 아주 잘 들었네. 그대의 말처럼 교학만 고집하는 사람은 그물로 고기를 잡으려 들겠지……헌데 선가에서는 바닷물을 온통 한 입에 삼켜버리니 무슨 그물이 따로 또 필요하겠는가?"

"예에?"

"대답을 들었거든 그만 물러가시게!"

객승은 토끼눈을 하며 고개를 내밀었지만, 효봉스님은 짧게 한마디를 하고 나서 이내 시선을 돌려버렸다.

송광사 삼일선원에서 효봉스님은 젊은 수좌들을 지도하고 수시로 찾아드는 신도들을 상대로 법문을 하느라고 바쁜 나날을 보내고 있었다. 하루는 진주에 살고 있다는 하처사라는 사람이 효봉스님을 찾아왔다.

"스님, 스님께서는 금강산에서 도를 닦으셨다던데 몇 가지 여쭤 봐도 되겠습니까?"

"대체 무엇이 그렇게 궁금하신지 어디 한번 말씀해 보시지요."

"절에 와서 스님들 법문을 들어보면 모두들 극락에 간다, 지옥에 간다 그러시던데요……."

"그래서요?"

"대체 그 지옥과 극락이라는 것이 있기는 있는 것이옵니까?"

하처사는 고개를 몇 번 갸우뚱거렸다. 말을 듣고난 효봉스님은 대답을 미루고 하처사에게 되물었다.

"그러면 그 극락은 좋은 곳이겠습니까? 나쁜 곳이겠습니까?"

하처사는 말머리를 약간 더듬거렸다. 기대했던 대답 대신에 오히려 질문을 받았기 때문이다.

"그, 그야……극락은 아주 살기좋은 근심걱정 없는 곳이라고 들었습니다."

"그러면 지옥은요?"

"아, 지옥이야 벌받는 곳이라니까 몹쓸 곳이지요. ……그런데 그

극락이다 지옥이다 하는 것들이 정말로 있느냐 없느냐, 그걸 좀 알고 싶어서요."

"극락과 지옥이야 분명히 있습지요."

"분명히 있다구요? 극락과 지옥이······."

"있고 말고요. 여기 있는 이 중도 극락과 지옥을 여러번 보았습니다."

"예에? 아니, 스님께서 정말로 지옥과 극락을 여러번 직접 보셨다구요?"

"보다마다요."

"정말로 스님 눈으로······말씀입니까?"

"내가 출가하기 전에 엿판을 메고 팔도강산을 돌아다니며 엿장수를 했었는데, 그때 나는 지옥도 여러번 보았고, 극락도 여러번 보았습니다."

"아니, 엿장수를 하면서 보았다구요?"

처사(處士)는 놀라고 있었다. 극락이나 지옥을 보았다는 사실 때문이 아니라 효봉스님이 엿장수를 했다는 말에 더욱 놀라는 것 같았다. 놀라며 묻는 처사에게 효봉은 조용히 고개를 끄덕여 주었다.

"아니, 그 지옥과 극락이 어디에 있기에 엿장수를 하면서 보았단 말씀입니까요?"

"어디에 있긴 어디에 있겠습니까. 바로 우리가 살고 있는 이 세상에 있지요."

"우리가 살고 있는 이 세상에요……?"

"하루는 어느 마을 부잣집에 초상이 났다 하기에 얻어먹을 게 많겠다 싶어 찾아들었지요."

"초상집에요?"

효봉스님이 찾아갔던 초상집은 다섯 형제를 둔 부잣집이었는데, 아버지의 초상을 치르기도 전에 재산다툼이 벌어져 피가 낭자한 싸움판이 되어 버렸다. 형제들은 서로 뒤엉켜 싸우고 여자들은 제각기 자기 남편을 편들며 울고 불고 야단이었다. 아버지의 죽음에 대한 슬픔 때문이 아니라 조금이라도 더 많은 재산을 차지하기 위해 다투는 바람에 초상집은 엄숙한 흐느낌 대신에 떠들썩한 아수라장이 되었던 것이다.

"아이구 난 또 무슨 말씀이라구요. 그래서 그 집이 바로 지옥이더라 그런 말씀이십니까?"

또 다른 지옥구경을 한 적이 있었다. 엿장수를 하다가 효봉스님은 도둑누명을 뒤집어 쓰고 경찰서 유치장에 들어간 일이 있었다. 그곳에는 사람을 죽이고 들어온 살인범, 도둑질하다 잡혀온 절도범, 폭력배, 사기꾼…… 갖가지 사람들이 잡혀 와 북적거렸는데, 순사들이 걸핏하면 불러내다가 몽둥이로 패고 발길로 차고…… 갇힌

 죄인들도 그렇지만 누명을 쓰고 잡혀온 효봉스님마저 자고싶을 때 잘 수도 없었고 먹고싶은 음식을 먹을 수도 없었다. 바로 그곳이 다름아닌 지옥이었다.
 "원 참, 스님도……그런 게 지옥이라면 이 세상이 온통 지옥천지 게요?"
 "바로 보셨소이다 처사님. 세상에는 도처가 지옥이요 도처가 극락입니다. ……마음을 바로 써서 좋은 일을 많이 하면 그 세상이 극락이요, 마음을 나쁘게 먹고 나쁜 짓을 하면 그 세상이 바로 지옥이니 극락과 지옥이 멀리 있는 게 아닙지요, 처사님……."
 "그럼 한 가지만 더 여쭙겠습니다요, 스님."
 "예, 말씀하시지요."
 "평생토록 나쁜 짓을 많이 한 사람도 부처님만 믿고 불공을 드리면 극락에 갈 수 있는 것이옵니까?"
 "거기에 대해서는 부처님께서 이렇게 대답하셨어요. '저 연못에 돌을 던져놓고 떠올라라 떠올라라 불공을 드린다고 한들 그 무거운 돌이 물 위로 떠오르겠느냐?' '저 흙속에 잡초씨앗을 뿌려 놓고 쌀이 되어라 쌀이 되어라 불공을 드린들 잡초씨앗에서 벼이삭이 나올 수 있겠느냐?' 하고 말입니다……."
 효봉스님의 말뜻을 이해하는 듯 고개를 끄덕이면서도 하처사는 한편으로 의문이 남는 모양이었다.

"그렇다면 왜 부처님을 믿어야 한다는 말씀이시옵니까?"
"부처님의 가르침을 배우고 깨달아서 그 가르침을 그대로 시행하면 집안이 바로 극락이 되고 마을이 극락이 되고, 이 온 세상이 극락이 되는 것이니, 그렇게 해서 우리 모두 극락을 만들어 극락에서 살자는 것이지요……."
시간이 흐르면서 이야기가 오고 갈수록 하처사의 쫑긋 세운 두 귀는 점점 효봉스님의 입 쪽으로 빨려들어 갔다. 이때, 문밖에서 시봉의 발자국 소리가 들려왔다.
"……스님."
"왜 그르느냐?"
"공양 드실 시간이옵니다, 스님."
"그래, 내 오늘은 이 하처사님과 함께 공양을 들 것이니 밥 한 그릇 더 올려 오너라."
마주앉아 있던 하처사는 급히 두 손을 내저었다.
"아, 아니옵니다, 스님……."
"허허…… 그러실 것 없소이다. 절밥도 같이 하시고 극락도 같이 만드십시다, 그려, 응? 허허허허……."
두 손을 내저으며 일어서려는 하처사를 효봉스님은 극구 만류하며 자리에 그대로 앉혔다. 누구하고나 허물없이 지내기를 좋아하는 스님의 일면이었다.

　효봉스님은 삼일암 조실(祖室)로 있으면서 법문을 청하는 신도들은 물론, 젊은 수좌들의 눈을 틔워주고 귀를 열어주기 위해 온 힘을 쏟았다. 특히 제자들에게는 그 가르침이 엄격했는데, 계(戒) 정(定) 혜(慧) 삼학(三學)을 두루 갖출 것을 강조했다.
　문밖에서 시봉이 아뢰었다. 젊은 수좌들이 뵙고싶어 한다는 내용이었다.
　"들어오라고 일러라."
　젊은 두 수좌는 조실로 들어와 공손히 인사를 올리고 효봉스님 앞에 나란히 무릎을 꿇고 앉았다. 맑은 눈에 총기가 살아있는 모습들이었다.
　"그래, 무슨 일로 나를 찾았는고?"
　"예. 저, 조실스님께서 판가름 내려 주셔야할 일이 있기에 이렇게 찾아 뵈었습니다."
　한 수좌가 먼저 입을 열었다. 효봉은 두 수좌를 번갈아 쳐다보았다.
　"판가름을 내려 달라고?"
　"예, 조실스님."
　대답은 옆에 앉은 다른 수좌가 맡았다.
　"그래, 무슨 판가름을 내려달라는 말이던고?"
　수좌들은 차례로 용건을 말하기 시작했다.

"소승은 수행을 함에 있어서 정혜쌍수 두 가지 가운데 정이 더 앞서야 한다고 생각하옵니다."
"하오나 소승은 정혜쌍수 가운데 정보다는 혜가 더 앞서야 된다고 생각하옵니다."
두 수좌들은 정혜쌍수(定慧雙修)의 정(定)과 혜(慧)를 각각 나누어 갖고 있었다. 효봉스님은 가볍게 웃음부터 터뜨렸다.
"허허…… 그러니까 정과 혜, 두 가지 가운데 어느 것이 앞서야 옳으냐…… 그것을 나더러 판가름 해달란 말이냐?"
"그러하옵니다, 조실스님."
두 수좌는 서로 약속이나 한 것처럼 질문과 대답을 번갈아 가면서 하고 있었다.
"정이란 글자 그대로 마음을 한 곳에 머물게 하는 수행이요, 혜란 글자 그대로 지혜를 말함이니 과연 두 가지 가운데 어느 것이 더 중하겠느냐?"
"소승은 혜가 더 중하다고 생각하옵니다, 조실스님."
순간, 효봉스님은 죽비를 들어 수좌의 어깨쭉지를 내리쳤다. 혜(慧)를 말한 수좌는 흠칫 놀라며 눈을 찔끔 감았다. 효봉은 시선을 옆으로 돌렸다. 역시 죽비를 손에 든 채였다.
"그러면 그대는?"
"예, 소승은 정이 더 중하다고 생각하옵니다, 조실스님."

 정(定)을 말하는 수좌에게도 죽비가 날아 들었다.
 "그러면 내 그대들에게 묻겠다! 사람이 살아가자면 먹고 자고 일을 해야 하는 법. 그 가운데 어느 것이 가장 중하겠느냐?"
 "예, 그것은 저……먹는 것이 가장 중하겠습니다."
 따악! 죽비소리가 들렸다.
 "그대는 무엇이 중하겠느냐?"
 "…예……저 일하는 것이 중하겠습니다."
 따악! 다시 한 번 죽비소리가 났다. 흠칫 놀라는 두 수좌를 바라보며 효봉스님은 비로소 죽비를 내려 놓았다.
 "너희들은 둘 다 틀렸느니라."
 "예에?"
 잠깐 두 수좌들의 눈길이 서로 마주쳤다.
 "사람이 살아가자면 먹고 자고 일하고……이 세 가지는 똑같이 중한 법. 먹지 아니하고 어찌 일할 수 있으며 일하지 아니하고 어찌 먹을 수 있을 것인가? 그뿐 아니라 잠자지 않고 어찌 일만 할 수 있으며 또 먹을 수 있겠는가!"
 "하오면 스님……."
 "자세히 들어라!"
 효봉은 수좌의 말문을 미리 막아버렸다.
 "……한 어린 학동이 보통학교에 다니고 있다. 이 아이는 스승이 가르치는 글자 한 자 한 자에 온 마음을 쏟으며 바라보고 있다. 이러한 상태를 바로 정이라 할 것이야……헌데 이 아이는 스승이 가르쳐준 아비 부(父)자의 생김새만 볼 뿐, 그 글자에 담긴 뜻과 지혜를 모른다면 과연 이 아이를 제대로 된 아이라고 할 수 있겠느냐?"

"아, 아니옵니다."

"그러면 이번에는 다른 아이를 보자. 이 아이는 글자도 제대로 알고 지혜도 있다. 그런데 이 아이는 보통학교 학동이 지켜야할 규칙을 지키지 아니하고 술을 마시며 담배도 피우고 상소리를 함부로 하며 스승에게 삿대질을 한다.……이 아이를 두고 제대로 된 아이라고 할 수 있겠느냐?"

"아, 아니옵니다."

"그래서 부처님은 계정혜 세 가지를 모두 갖추라고 당부하신 게야. 계율을 지키고 선정에 들며 지혜를 깨달아야 비로소 삼학을 두루 갖춘 수행자라 할 것이니, 이 세 가지 가운데 한 가지라도 빠뜨리면 올바른 수행자라 할 수 없느니라……."

"예, 스님."

"명심하겠습니다, 조실스님."

두 수좌는 동시에 허리를 굽혀 예를 표했다. 이들을 지켜보는 효봉스님의 얼굴에는 가느다란 미소가 번지고 있었다.

　이미 고려시대에 이곳 조계산 송광사에서 정혜결사(定慧結社)를 일으켜 기울어가던 고려불교를 새롭게 일으켜세운 인물이 지눌(知訥)이다. 지눌 보조국사(普照國師)를 가장 존경했던 효봉스님은 계(戒) 정(定) 혜(慧) 삼학(三學)을 두루 갖추는 것을 수행자의 본분으로 알았고, 제자들에게도 늘 그점을 강조하고 있었다.
　하루는 대중들을 모아놓고 법좌(法座)에 올랐다.
　쿵! 쿵! 쿵! 주장자로 법상을 세 번 울리자, 웅성거리던 대중들은 숨을 죽였다.
　"대중들은 잘 들으라!
　내 오늘 계정혜 삼학에 대해서 말을 하자면, 과거 현재 미래의 모든 부처님이 이 문으로 드나들었고 앞으로 드나들 것이요, 역대 조사도 이 문으로 드나들었으며, 천하의 선지식 또한 이 문으로 드나들었다.……그런데 오늘 여기 모인 여러 대중들은 과연 어떤 문으로 드나들려 하는가? 이 문이란 계율과 선정과 지혜 즉 삼학을 가리킴이니, 이 삼학을 집 짓는데 비유하자면 계율은 집터요 선정은 재목이며 지혜는 집짓는 기술과 같은 것!……제 아무리 기술이 뛰어나도 재목이 없으면 집을 지을 수 없고, 제 아무리 재목이 풍부하고 기술이 뛰어나도 집터가 없으면 집을 지을 수 없으니, 그러므로 이 삼학은 어느 것 하나라도 빠뜨릴 수 없는 것! 계정혜를 함께 닦아 부지런히 나아가면 반드시 큰 깨달음을 얻게될 것이니라

……!"
쿵쿵쿵! 효봉스님은 주장자로 법상을 세 번 치고 좌우 대중들을 둘러본 다음 법좌에서 내려왔다.
정즉혜(定即慧) 혜즉정(慧即定). 정만 있고 혜가 없으면 불조(佛祖)의 혜명(慧命)을 계승할 수 없고, 혜만 있고 정이 없으면 생사윤회를 면하지 못한다는 가르침이었다. 또한 삼학 가운데 한 가지라도 빠지면 구경정각(究竟正覺)을 갖추고 닦을 수 없다는 효봉스님의 따끔한 질책이었다.
법상을 치는 주장자 소리와 대중들을 향해 외치는 할(喝)은, 조계산 삼일암에 모여든 수좌들의 마음속을 날카롭게 파고들어 갔다.
삼일암 조실로 있을 때, 송광사 경내에는 새로 지어진 누각이 하나 있었다. 영광루라는 곳이었다. 하루는 효봉스님이 이 영광루에 올라 시(詩) 한 수를 읊었다.

그 이름도 좋을시고.
세상 티끌 벗어나
인간 천상에 그 짝이 다시 없네.
한층 또 한층 허공의 누각인데
천겁 또 천겁 자유로운 몸이로다.
바로 올라 모양보니

어찌 거짓 아니던고.
고요히 누워 마음 돌리면
그것이 바로 진리.
만고에 그 영광 드러났나니
이 누각 세워진 후
이 도량이 새로워졌네.

새로 지은 누각에 올라 시를 읊고 있자니, 옆에 있던 수좌가 앞으로 나서며 여쭈었다.
"조실스님께 여쭙겠사옵니다."
효봉스님은 하늘을 향했던 얼굴을 천천히 내렸다.
"……나한테 뭘, 묻겠다고……?"
"예."
"그래, 무엇이 궁금하던고?"
"금강경에 이르시기를 무릇 형상 있는 것은 허망한 것이라 하셨거늘, 조실스님께서는 어찌 이런 누각에 찬사를 보내시옵니까?"
"흐흠……이까짓 한낱 허망한 형상에 어찌 찬사를 보내느냐?"
효봉은 수좌의 얼굴을 빤히 들여다 보면서 고개를 몇 번 끄덕였다. 수좌의 질문은 당연히 수행자로서 가질만한 의문이라는 생각에 서였다.

"그렇사옵니다, 스님."
"너는 어찌 이 허망한 형상만 보고 그 용처(用處)를 보지 못하는고?"
꾸짖듯이 되묻는 조실스님 앞에서 수좌는 얼른 대답을 못하고 잠시 머뭇거렸다. 그 대답을 효봉이 스스로 이어갔다.
"……이 누각이 비록 허망한 형체를 빌어 허공에 세워졌으되 술 마시고 풍악 울리고 풍류나 화류에 흐르면 그 허망하기 열 배를 더할 것이나, 이 높은 누각에 올라서 앉거나 눕거나……고요한 마음으로 한 생각 깨치면 이것이 바로 이 허망한 세상에서 진리의 열매를 얻는 것! 쓰기에 따라 허망하기도 하고 그렇지 않기도 하느니라."
"하오면 스님, 재물은 나쁜 것이옵니까, 좋은 것이옵니까?"
"이 누각도 재물을 들여 지은 것이니……그 재물이 좋은 것이냐, 나쁜 것이냐?"
"예, 스님."
"재물은 재물일 뿐, 좋은 것도 아니요 나쁜 것도 아니니라……."
수좌는 더 이상 입을 열지 않았다. 효봉은 고개를 돌려 허공을 향하더니 나즈막한 목소리로 읊조리듯 말했다.
"……어리석은 세상 사람들은 재물을 가지려하고 모으려하고 탐낼줄만 알았지, 재물이 무엇인지 실체를 모르나니……좋은 일에

쓰면 선근이 될 것이요, 나쁜 일에 쓰면 화근이 되는 법. 지옥과 극락이 한 생각에서 갈라지느니라……."

앞에 앉은 수좌는 여전히 아무말이 없었다. 효봉스님은 그윽한 눈매로 그의 얼굴을 바라보며 옛 조사와 부처님의 가르침을 한 마디씩 차례로 일러주었다.

"물은 그저 물일 뿐. 좋은 것도 아니요 나쁜 것도 아니니, 목마른 사람에게는 감로수가 될 것이요, 물에 빠져 허우적 거리는 사람에게는 독약과 같은 것. 세상 모든 이치가 이와 같느니라…….

풀잎에 맺혀있는 똑같은 이슬도 소가 먹으면 우유가 되고, 뱀이 먹으면 독이 되느니라."

7
구산(九山)을 얻고 활구(活句)를 토하다

송광사 삼일암에서 조실로 있을 때, 효봉스님은 대종사(大宗師)의 법계를 받았다. 이때부터 많은 대중과 신도들은 효봉을 송광사 도인스님이라는 별명으로 불렀다.

엿장수 출신이라고 해서 엿장수 수좌, 한 번 가부좌를 틀고 앉으면 꼼짝않는다고 해서 절구통 스님, 그리고 과거의 경력 때문에 붙은 판사 스님이라는 별명 외에 또 하나의 새로운 별칭이 생긴 셈이었다.

송광사에서 젊은 수좌들을 돌보고, 한편으로는 신도들을 지도하며 중생교화(衆生敎化)에 힘쓰고 있을 무렵이었다.

"조실스님, 조실스님."

시봉을 맡고 있는 젊은 수좌의 목소리였다.

"그래, 무슨 일이더냐?"
"예. 저, 웬 젊은 처사님이 조실스님을 꼭 한번 뵙겠다고 하옵니다."
 효봉스님이 먼저 방문을 열었다. 방문 앞에는 시봉과 함께 젊은 사내가 나란히 서 있었다.
"예, 바로 이 처사님이신데요…… 인사 드리시지요. 우리 조실스님이십니다."
 시봉은 먼저 젊은 사내를 가리키며 효봉스님에게 말하고 나서, 손길을 바꾸었다. 젊은 사내는 꾸벅 고개를 숙였다.
"아, 예. 인사드리겠습니다, 스님."
"으음……그래 들어 오시게. 그리고 넌 됐으니 가서 일 보고……."
 방에 들어온 낯선 청년은 효봉스님에게 공손히 절 삼배를 올렸다. 그리고는 무릎을 꿇고 단정히 앉았다. 스물 다섯 살쯤 돼 보이는 나이였다.
"그래, 어디서 온 누구라고 하셨던고?"
 효봉스님의 물음에 낯선 청년은, 성이 진주(晉州) 소(蘇)씨요 이름은 봉호라고 자신을 소개했다. 그리고 살고 있는 곳은 전북 남원이라고 덧붙였다.
"그래, 무슨 일로 이 깊은 산골 중을 찾아오셨는고?"

"다름이 아니오라, 경상도 진주에 살고 있는 안거사께서……."

"안거사? 어, 그래, 그……진주에 사신다고 그랬지, 아마……그런데 그 안거사가 어쩌셨다구?"

"예. 저, 안거사께서 송광사 도인스님을 한 번 찾아뵙고 가르침을 받으라고 하시기에……."

"가르침을 받으라고 했다니?"

효봉스님이 되물었으나 청년은 얼른 대답을 하지 못하고 있었다. 잠깐동안의 침묵이 흘렀다. 청년은 자세를 한번 고쳐 앉고 나서 무겁게 입을 열었다.

"사실은……소생, 삭발출가하여 승려가 되고 싶사옵니다."

"무엇이라구? 중이 되고 싶다……?"

"예, 스님."

"에이끼! 이 사람아, 중은 아무나 다 되는줄 아시는가?"

효봉스님은 맨 처음 석두스님이 자신에게 그랬던 것처럼 우선 고개부터 가로저었다.

"허지만 스님, 소생은 기어이 중이 되었으면 합니다."

청년은 수그러진 허리를 더욱 반듯이 펴면서 말했다. 그 목소리 또한 흔들림이 없었다. 서로의 눈이 부딪쳤다.

"자네 대체 몇 살이신가?"

"예, 금년에 스물 여섯이옵니다."

"스물 여섯이라……?"
"예, 스님."
"무슨 까닭으로 중이 되겠다고 하시는고?"
"예. 저……소생은 관세음보살님 은덕으로 목숨을 건졌기에……, 그래서 스님이 되고자 하옵니다."
"관세음보살 은덕으로 목숨을 건졌다……?"
"예, 스님."
"대체 무슨 소리던고?"
"저, 사실은……소생, 폐병에 걸려서 언제 죽을지 모르는 목숨이었습니다."
"그래서?"
다소 긴장하는 듯한 효봉스님에게 청년은 자초지종을 털어놓기 시작했다.
소봉호는 오래전부터 폐병을 앓고 있는 환자였다. 그러던 중 우연히 진주에 살고 있다는 안각천 거사를 만나게 되었다. 바튼 기침을 자주하는 모습을 보고 안거사가 그 이유를 물었다. 청년이 솔직하게 자신의 병명을 말하자, 안거사는 병의 치료법을 알려주었다. 지리산(智異山) 영원사(靈源寺)라는 절에 들어가서 천수기도를 백일 동안 드리라는 것이었다. 그렇게 하면 폐병이 깨끗이 없어진다는 얘기였다. 그 길로 청년은 지리산 영원사에 들어가 관세음보

살 명호를 부르면서 그곳 스님이 일러주는대로 백일기도를 올렸다는 것이다.

"그랬더니 정말로 폐병이 나았더란 말이신가?"

청년의 사연을 귀담아 듣고 있던 효봉스님이 그 결과를 미리 물었다.

"예. 산 공기가 좋아서 그랬는지, 약수가 좋아서 그랬는지, 기도를 열심히 드려서 그랬는지 그 까닭은 자세히 모르겠습니다만 아무튼 소생은 폐병이 깨끗이 나았습니다요……."

효봉스님은 고개를 끄덕이며 계속되는 청년의 말을 듣고 있었다.

"……그래서 진주 안거사님을 다시 찾아뵙고 그 신통한 효험을 말씀드렸더니만, 기왕에 관세음보살 은덕을 입었으니 송광사 도인스님을 찾아뵙고 가르침을 받으면 더 좋은 일이 있을 것이라고 하셨습니다."

청년의 이야기를 듣고 난 효봉스님은 고개를 저으며 나즈막한 목소리로 타이르듯 말했다.

"잘못 오셨네!"

"예에? 잘못 왔다니요?"

청년은 허리를 곧게 세우며 두 눈을 빛내고 있었다. 더욱 긴장한 모습이었다.

"이 늙은 중에게는 그러한 신통력이 없으니 그만 돌아가시게!"

"예에?"
 효봉스님은 더 이상 말하지 않고 입을 닫아버렸다. 관음기도를 통해 폐병을 고쳤다는 청년 소봉호는 그러한 효봉스님의 얼굴만 쳐다볼 뿐 한동안 말을 잇지 못하고 있었다. 삭발출가의 뜻을 품고 먼 길을 찾아온 청년을 앞에 앉혀놓고 송광사 도인스님은 고개를 저으며 그 청년의 마음을 안타깝게 하고 있었다.
 "스님, 제발 소생을 제자로 삼아 삭발출가시켜 주십시오, 예?"
 "안 될 소리!"
 "소생의 나이가 너무 많아서 안 된다고 하시옵니까? 예?"
 "나이 탓이 아닐세. 나도 서른 여덟 살에 머리를 깎았으니까……."
 처음에 스님이 되고 싶다고 말했을 때, 효봉스님은 청년의 나이를 물었었다. 그러나 나이로 말하자면, 효봉스님이야말로 마흔 문턱에 금강산 보운암 뜰 안에 서지 않았던가. 청년을 물리치는 이유는 다른 데 있었다.
 "그런데 어찌하여 소생은 중이 될 수 없다고 하시옵니까. 예? 스님?"
 "자네는 불교를 잘못 알고 오셨네!"
 "잘못……알고, 찾아왔다구요, 스님?"
 얼굴이 벌겋게 달아오른 청년의 모습과는 대조적으로 효봉스님

의 표정과 말투는 오히려 담담해졌다.
 "자네는 기도를 통해서 그 신통력으로 폐병을 고쳤다고 믿고 있는 모양인데……불교란, 그렇게 신통력이나 가르치는 그런 것이 아닐세."
 "허지만 소생은 분명히 제 병을 고쳤는데요, 스님?"
 "자네의 병이 나은 것은 신통력 덕분이 아니라, 일구월심 관세음보살을 염한 마음으로 병을 고친 게야. 그 마음으로……."
 "……마음으로요?"
 "머리를 깎고 중이 되는 것은 바로 이 마음을 깨쳐서 번뇌 망상에서 벗어나자는 것. 자네가 생각한 것처럼 신통력이나 얻자고 머리를 깎으면 백번 천번 깎아도 헛된 일이니, 더 어두워지기 전에 어서 산을 내려가시게."
 "아, 아니옵니다. 제발 소생을 중으로 만들어 주십시오, 스님."
 청년 소봉호는 막무가내였다. 효봉스님은 사뭇 훈계조로 말하고 있었으나, 청년은 자리를 고쳐앉을 기미조차 보이지 않았다.
 "……사람마다 모두 중이 될 수는 없는 법. 고향에 돌아가서 짓던 농사일을 열심히 하는 것도 세상을 이익되게 하는 좋은 일이니, 그렇게 알고 그만 내려 가시게."
 청년은 고개를 숙인 채 잠시 생각에 잠겨 있었다. 효봉스님의 말이 끝나자, 청년은 고개를 들어 다시 입을 열었지만 한풀 꺾인 낯빛이었다.
 "……사실은 소생, 농사지을 땅 한 뙈기도 없사옵니다, 스님."
 "농사지을 땅도 없다니, 아니 그럼 그 나이가 되도록 무엇을 하고 지내셨다는 말이던고?"
 "말씀드리기 죄송하옵니다만, 사실은 소생……고향에서 이발사를 했었습니다."
 "……무엇이라구? 이발사?"
 청년 소봉호가 살고 있던 남원의 조그마한 고을은 옛 이름이 용성이라는 곳이었다. 그 옛고을 이름을 따서 용성이발관이라는 간판을 걸고 소봉호는 사람들의 머리를 깎아주고 있었다. 바로 그 이발관에서 안거사(安居士)를 만났던 것이다. 그후 안거사가 시키는대로 지리산 영원사에 들어가 백일기도를 드린 끝에 오랫동안 앓아오던 폐병이 나았고, 또한 그의 소개로 효봉스님을 찾아와 삭발출가의 허락을 구하고 있는 것이다.
 청년 소봉호의 발심(發心)은 이발관에서부터 시작되었다고 보아도 옳을 일이었다.
 "이발사를 했다……?"
 청년의 얘기를 듣고난 효봉스님의 심경에 약간의 변화가 있는 것 같았다. 효봉스님은 청년의 얼굴을 빤히 쳐다보며 다시 한번 물었다.
 "자네가 정녕 이발사였단 말이지?"

"예."

두 눈을 지그시 감은 채 줄곧 냉담하게 말하던 효봉스님은 비로소 두 눈을 크게 뜨고 청년의 얼굴을 응시하고 있었다. 한참동안이나 무언가에 단단히 사로잡힌 눈빛이었다.

남원에서 왔다는 청년 소봉호의 입에서 이발사라는 말이 떨어지는 순간부터 효봉스님은 먼 옛날 부처님의 제자인 우바리(優婆離) 존자(尊者)를 떠올리고 있었던 것이다.

우바리 존사는 부처님의 십대제자(十大第子) 가운데 지계제일, 계율을 가장 잘 지킨 제자로 알려져 있는데, 이 우바리 존자가 바로 다름아닌 이발사 출신이었다. 당시의 인도는 철저한 계급사회로, 천민으로 분류된 이발사가 업신여김을 받는 것은 당연했다.

이발사인 우바리는 어느 날 부처님 앞에 나아가 "이발사는 천민이라서 부처님의 제자가 될 수 없는 것이옵니까?" 하고 물었다. 엎드려 묻고 있는 우바리의 양 어깨에 손을 얹고 부처님은 "사람은 태어남에 의해서 귀하고 천한 것이 아니다. 상류사회의 집안에서 태어났다고 해서 귀한 사람이 아니요, 천민 집안에서 태어났다고 해서 천한 사람이 아니다. 사람은 어디서 태어났건 모두가 평등한 것. 하는 짓이 천박하면 천한 사람이요, 하는 짓이 고귀하면 귀한 사람. ......비록 그대가 이발사라 할지라도 바른 생각, 바른 행동을 하면 귀한 사람이니 나는 그대의 출가를 기꺼이 허락하여 나의 제자로 삼을 것이니라" 하고 말하면서 우바리를 일으켜 세우고 눈물을 닦아 주었던 것이다.

부처님의 제자가 된 우바리는 훗날 계율을 잘 지키고 수행을 열심히 한 끝에 지계제일의 우바리 존자(尊者)가 되어 부처님의 십대제자 가운데서도 단연 우뚝 섰던 것이다.

청년 소봉호의 입에서, 농사지을 땅 한 뙈기도 없는 이발사라는 말을 듣는 순간, 효봉스님은 먼 옛날 우바리 존자의 울음소리를 듣고 있었는지도 모른다.

한동안 깊은 생각에 잠겨있던 효봉스님은 차차 잃었던 두 눈의 초점을 찾아갔다.

"여보게, 젊은이……."

"예, 스님."

"그대가 정녕 틀림없는 이발사였겠다?"

"그렇사옵니다만……, 왜 두 번 세 번 자꾸 물으시는지요. 이발사는 중이 못 되옵니까?"

청년의 물음은 또 한번 효봉스님의 마음을 아프게 흔들었고 청년의 마음속 깊은 곳에 자리잡고 있는 울음소리를 듣고 있었다. 비로소 효봉스님은 손을 뻗어 청년의 어깨를 쓰다듬어 주었다.

"아닐세. 내 그대의 출가를 허락하고 나의 제자로 삼을 것이야."

"저, 저, ……정말이시옵니까, 스님?"

"내 오늘 당장 그대의 머리를 깎아주겠네."

"……감사하옵니다, 스님. 감사하옵니다……."

효봉스님의 얼굴을 바라보고 있는 청년의 두 눈은 이미 젖어 있었다.

청년 소봉호는 자리에서 일어나 천천히 그리고 공손히 절 삼배를 올렸다. 얼굴을 묻은 방바닥에는 흘러내린 눈물이 고여 있었다.

효봉스님이 문밖을 향해 시자를 부르자, 시봉을 맡고 있는 수좌가 방안으로 들어왔다.

"오늘부터 이 젊은이도 이 절에 머물 것이니 그렇게 알고 잘 인도해야 할 것이니라."

"예, 조실스님."

시봉의 대답이 있자, 이번에는 고개를 돌려 청년을 바라보면서 일렀다.

"중 되는 공부를 하려면 절 집안의 법도에 따라야 하는 법. 자네는 이 아이를 따라가서 시키는대로 해야 할 것이야."

"예, 분부대로 하겠사옵니다."

대답하는 청년의 눈가에는 아직도 눈물이 남아있었다.

"조실스님, ……그러면 삭도하고 가위부터 가져올까요?"

분부를 기다리며 서 있던 시봉이 물었다.

"머리 깎는 건 급할 것 없느니라."

효봉스님이 나즈막한 목소리로 시봉에게 일렀다. 그러자 무릎을 꿇고 앉아있던 청년이 한 발 다가서며 다급하게 말했다.
"아, 아니옵니다, 스님. 소생은 머리부터 깎고 싶사옵니다."
"오늘 당장 머리를 깎겠다고?"
"기왕지사, 스님이 되기로 작정한 몸 한시라도 빨리 머리를 깎고 싶사옵니다."
"그러다가 나중에 후회하려고?"
"아, 아니옵니다, 스님. 후회는 하지 않겠습니다. 절대로……."
어쩌면 여유만만한 효봉스님의 태도에, 한사코 청년은 곧바로 머리를 깎아달라는 것이었다. 잠시 사이를 두고 효봉스님이 다시 말문을 열었다.
"……자네, 정말로 머리를 깎고 중이 되면 어떻게 되는지 알고 있는가?"
"무슨……말씀이신지요, 스님."
"한 번 머리를 깎고 중이 되면, 고향은 물론 부모형제도 버려야 하는 게야."
"그건 익히 알고 있사옵니다, 스님."
"……게다가 호의호식을 할 수도 없고 부귀영화도 누릴 수 없고, 평생토록 하루에 두 끼만 먹고 나처럼 이렇게 누더기 옷이나 걸치고 살면서 수행을 해야 해. ……그래도 견디겠는가?"

다시 묻는 효봉스님에게 청년의 대답은 거침이 없었다.
"예, 스님. 무슨 일이든 다 견뎌내겠습니다."
"정 그렇다면 할 수 없구만……."
효봉스님은 고개를 두어 번 크게 끄덕이고 나서 곧바로 밖에 있는 시자(侍者)를 불렀다.
"삭도와 가위, 그리고 세숫대야에 물을 떠 오너라."
"예, 스님."
마침내 남원에서 온 청년 소봉호는 송광사 삼일암에서 삭발을 하고 효봉스님 문하에서 출가 수행자 생활을 시작했다. 그 다음해 봄, 음력 4월 초파일에는 효봉스님으로부터 사미계를 받고 법명(法名)을 받았다.
근책율의(勤策律儀)라고도 하는 사미계(沙彌戒)는 사미가 출가 후 지켜야 하는 열 가지 계율을 말함인데, 그 첫째가 중생을 죽이지 말라는 것이요, 둘째는 물건을 훔치지 말 일이요, 셋째는 음행하지 말 것이요, 넷째는 거짓말을 하지 말라는 것이요, 다섯째는 술 마시지 말라는 것이다. 그리고 여섯째가 꽃다발을 쓰거나 향수를 몸에 바르지 말라는 가르침이요, 일곱째는 노래하고 춤추며 풍류를 즐기지 말며 가까이서 구경하지도 말라는 것이다. 여덟째, 높고 넓은 평상에 앉지도 말며 아홉째, 때 아닐 적에 먹지 말 일이요, 열째는 제 빛인 금이나, 물들인 은이나, 다른 보물들을 지니지 말라는 가르침이다.
 효봉스님은 사미십계를 설(說)하고 나서 다시 한번 청년의 몸가짐을 훑어보았다.
 "이제 그대는 열 가지 계율을 평생토록 지키겠다고 다짐을 했으렷다?"
 "예, 스님. 기어이 지키겠습니다."
 "이제 이 세상에 남원 청년 소봉호는 사라졌음이요, 그 대신 빼어날 수, 연꽃 연, 수련 사미승이 새로 태어났음이니, 오늘은 부처님의 탄신일이자 곧 수련사미의 생일이니라……."
 이렇게 해서 효봉스님으로부터 수련(秀蓮)이라는 법명을 받은 분이 바로 훗날의 저 유명한 소구산(蘇九山)스님이었다. 구산(九山)스님은 이후 효봉스님의 으뜸제자가 되었다. 실제로 대중들은 그를 우바리 수좌라고도 불렀으니, 효봉스님이 예견했던 대로 그는 과연 우바리(優姿離)존자가 된 셈이었다.
 이 즈음, 일본제국주의의 문화정책은 날이 갈수록 흉폭해지고 그 방법이 교활해져 불교계에도 그 여파가 적지않이 불어닥치고 있었다. 이른바 왜색(倭色)승려들의 기승에 못이겨 전국의 많은 사찰에서 쫓겨나는 수행자들이 날로 늘어가는 추세였다. 이에, 조선불교를 조선불교답게 지켜야 한다고 생각한 젊은 수좌들은, 날이 갈수록 일본불교를 닮아가는 조선불교계의 타락상에 울분을 금치 못

하고 있었다. 송광사의 젊은 수좌들 사이에서도 그러한 기운은 감돌고 있었다. 하루는 삼일암에 머물고 있는 효봉스님에게 한 수좌가 찾아와서 분을 삭이지 못하고 얼굴이 벌겋게 달아오른 채 여쭈었다.

"스님, 스님께서 속 시원히 말씀좀 해주십시오. 과연 일본 중들처럼 출가 수행자가 여자를 가까이해도 괜찮은 것이옵니까? 승려가 과연 술을 마시고, 육식을 해도 괜찮은 것이옵니까? 예?"

따지듯이 묻는 젊은 수좌의 두 눈은 빛나고 있었다. 분노의 불길을 가득 담고 있는 눈빛이었다. 그럴수록 효봉스님의 태도는 담담했다.

"내 이미 기회있을 때마다 계율, 선정, 지혜, 삼학을 고루 갖추라고 일렀거늘 달리 또 무엇을 얘기하란 말이던고?"

"스님! 스님처럼 그렇게 계, 정, 혜, 삼학만 말씀할 때가 아닙니다요."

"남의 허물을 탓하기 전에 스스로를 부처님이 말씀하신 계율에 비추어 봐야할 것이니……, 부처님이 출가하신 이후에 여자를 둔 일이 있었더냐? 없었더냐?"

"……결코 그런 일이 없었습니다."

"그러면 부처님이 출가하신 이후에 술을 드신 일이 있었더냐, 없었더냐?"

"결코 없었습니다, 스님."

"그렇다면 대답은 자명한 것! 누구를 비방하고, 탓하고, 손가락질 하기 전에 부처님이 하신대로만 따르면 될 것이요, 부처님이 이르신대로만 지키면 될 것이니라."

"……하오면, 스님."

"잘 들어라. 부처님이 이르신 바를 제대로 지키는 사람이 많아지면 조선불교는 되살아날 것이요, 어기는 자가 많아지면 조선불교는 사라질 것이니, 이 점을 각별히 명심해야할 것이니라!"

젊은 수좌는 계속해서 질문을 하려고 입을 벙긋거렸으나, 효봉스님의 간명한 대답에 이내 입을 열지 못하고 머리를 조아릴 뿐이었다. 결국 일본의 한반도 문화말살정책은 제국주의의 최후의 발악이었다. 일본이 태평양전쟁에서 패배하고 해방이 되자 조선 불교계에도 새로운 바람이 불기 시작했다. 효봉스님은 송광사 삼일암에서 조국의 해방을 맞았다.

그러던 어느 날이었다.

하루는 지나가던 객승이 지나가는 말로, 금강산 도인스님이 전라북도 어느 산골, 다 쓰러져가는 암자에 홀로 계시더라는 말을 남기고 갔다는 소리를 효봉은 전해 들었다.

'금강산 도인스님이라면 혹시 은사스님이신 석두스님이 아니실까…?'

　이렇게 생각한 효봉스님은 부랴부랴 행장을 꾸려 말로만 들은 두메산골 암자로 달려갔다. 과연, 그 쓰러져가는 암자에는 옛날의 스승 금강산 도인 석두 노화상이 홀로 죽을 끓여 잡수며 부처님을 모시고 계셨다. 효봉스님은 그 길로 은사이신 석두 노스님을 송광사로 모셔왔다. 그리고는 지극한 효성으로 노스님을 손수 시중들었다.
　"조실스님, 조실스님……."
　시봉의 목소리였다. 효봉스님은 방안에 앉은 채 문밖에 대고 물었다.
　"무슨 일이던고?"
　"예, 저……해인사에서 오신 스님께서 조실스님께 문안 드리겠다 하옵니다."
　"해인사에서 누가 오셨다구?"
　효봉스님이 방문을 열자, 준수하게 생긴 젊은 수좌가 단정히 서서 기다리고 있었다. 그는 합장을 하고나서,
　"예, 소승 문안드리옵니다."
　"으음……해인사에서 오셨다구……?"
　"예."
　"들어오시게."
　해인사에서 온 젊은 수좌는 효봉스님께 절 삼배를 올리고 나서 조심스럽게 말문을 열었다.

"조실스님께서는 어떻게 생각을 하고 계시온지요?"
"어떻게 생각을 하느냐고? 무엇을 말인가?"
다짜고짜 질문부터 던진 젊은 수좌는 효봉스님이 놀라며 되묻는 바람에 순간적으로 멈칫했다. 그리고는 더욱 정중한 말투로 바뀌었다.
"조선불교를 새롭게 일으켜 세우자면 과연 무슨 일부터 어떻게 해야할 것인지……조실스님의 가르침을 받고자 하옵니다."
"조선불교를 새롭게 일으켜 세우자면 무슨 일부터 해야할 것이냐?"
"예, 스님."
"그거야, 뭐, 산 속에 들어앉은 이 중이 무엇을 알겠는가마는……지금 우리 조선불교는 불보, 법보, 승보 가운데 승보가 빈약해서 그게 걱정일세."
"승보가 빈약해서 걱정이시라구요?"
"그렇지 않은가. 부처님이 존귀하고 부처님의 가르침이 보배롭지만, 그 부처님을 제대로 모시고 부처님 가르침을 제대로 깨우쳐서 중생을 널리 제도할 승보가 빈약하니 그게 걱정이지……."
효봉은 들릴 듯 말 듯 혀를 차면서 말끝을 흐렸다. 그의 두 눈은 모였던 빛이 빠져나간 듯 힘이 없어 보였다. 마주앉은 수좌의 당돌한 말에 효봉은 다시금 눈을 치켜떴다.

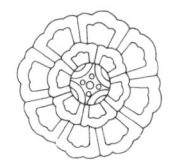

"과연 조실스님께서는 제대로 보고 계셨습니다."

"제대로 보다니?"

"솔직히 말씀드려서 저희들의 걱정도 바로 그 점입니다. 승려의 숫자는 많으나 그동안 일본 승려들 흉내 내느라고 술냄새와 고기 비린내에 젖어버린 중들이 너무 많으니……이래가지고서야 어떻게 조선불교를 바로 세울 수 있겠습니까?"

젊은 수좌의 말에 효봉스님은 가만히 고개를 끄덕이고 있었다. 그리고는 두 눈을 들어 천정을 바라보며 푸념하듯 말했다.

"그러게 말일세……이제 일본 사람들이 쫓겨는 갔네만, 너무 많은 사람들을 버려놓고 갔어."

"그래서 저희들이 가야산 해인사에 새로운 인재를 양성할 목적으로 가야총림을 세웠습니다요, 스님."

고개를 끄덕이며 앉아있던 효봉스님의 두 눈에서는 갑자기 광채가 번득였다.

"가야산 해인사에 가야총림을 세웠다고?"

"예, 스님."

"그거 참, 듣던 중 반가운 소식이네. 정말 잘한 일이야."

"조실스님께서도 정말 잘한 일이라 여기시옵니까?"

내내 긴장하고 있던 수좌의 얼굴에도 비로소 희색이 돌았다.

"암, 잘한 일이고 말고. 새로운 인재를 키우지 않고서야 어느 세

월에 조선불교의 제모습을 찾을 수 있겠는가?"

"감사하옵니다, 스님. 그래서 조실스님을 가야총림 방장으로 모셔가려고 소승이 여기까지 찾아왔습니다요."

"무엇이라구? 이 늙은이를 방장으로?"

조국의 해방과 함께, 장차 이 나라 불교를 새롭게 중흥시키기 위해서는 무엇보다도 먼저 인재를 양성해야한다고 판단한 뜻있는 스님들이 모여서 가야산(伽耶山) 해인사(海印寺)에 가야총림(伽耶叢林)을 개설하고, 그 최고지도자인 가야총림 초대 방장(方丈)으로 효봉스님을 모시기로 결의했던 것이다. 해인사에서 온 젊은 수좌는 이러한 종단의 뜻을 전하고자 급히 발걸음을 옮겨왔던 것이다.

자초지종을 전해 들은 효봉스님은 가야총림의 개설에는 적극 찬성하고 있었지만, 자신이 방장(方丈)의 자리에 앉는데 대해서는 놀라움과 함께 극구 사양하고 나섰다.

"만장일치로 조실스님을 모시기로 했사오니 부디 허락하여 주십시오, 스님."

"나는 싫으이. 아는 것도 별로 없는 내가 어찌 감히 그 자리에 앉을 수 있단 말인가? 다른 스님을 모시도록 하게……."

해인사에서 온 젊은 수좌는 두 번 세 번 상황설명을 반복하면서 확고한 종단의 뜻을 전했으나 효봉스님은 극구 사양하고 있었다.

 그러나 조선불교를 새롭게 일으켜 세울 인재를 양성하기 위해서 교단 전체가 이미 추대를 결정한 일이라 본인이 사양만 한다고 해서 해결될 일은 아니었다.
 효봉스님의 마음을 넌즈시 흔들고 나선 것은 이발사 출신의 제자 우바리였다.
 "스님, 정말로 안 가시렵니까?"
 우바리는 다시 한 번 스승의 의중을 떠보고 있었다. 스승의 대답은 생각한대로였다.
 "나는 이 삼일암을 떠나기 싫어."
 "그래도 가셔야 합니다. 조선불교를 새롭게 일으켜 세울 인재를 키워내자는 일인데, 스님께서 외면하신다면 어찌 되겠습니까, 스님?"
 제자 우바리의 말에 효봉스님은 한발짝 물러서는 듯했다.
 "정말로 그렇게 생각하는 게야?"
 우바리는 스승에게 더 생각할 틈을 주지 않고 힘주어 말했다.
 "그렇사옵니다, 스님. 꼭 가셔야 합니다."
 "그러면 자네도 날 따라가서 도와주겠는가?"
 "그야 여부가 있겠습니까? 스님께서 분부만 내리신다면 가야산이 아니라, 금강산 백두산까지라도 모시고 가겠습니다, 스님."
 효봉은 굳은 결의에 차 있는 제자의 얼굴을 잠시 바라보고 있다가 겸연쩍은 표정으로 다시 말문을 열었다.
"……난 말야, 그 뭐……방장입네, 조실입네, 그런 게 번거롭단 말이야……."
"원 스님도 참, 그게 어디 감투입니까요, 스님? 학인 수좌들 뒷바라지 해주고 길을 열어주는 자립지요."
우바리의 지혜로운 일면이 엿보이는 순간이었다. 그때서야 스승은 제자의 지혜 앞에서 잠시 말머리를 더듬었다.
"그, 그런가……? 그, 그럼 자네도 함께 가는 걸세?"
제자는 어느새 스승의 무릎 앞에 고개를 숙이고 알지못할 홍분에 떨고 있었다. 그것은 일종의 희열이었다.
효봉스님은 송광사 대중들에게 은사이신 금강산 도인 석두스님을 극진히 모실 것을 몇 번이고 다짐한 뒤에야 해인사로 떠나기로 마음을 굳혔다.

8
천 가지 만 가지 복을 가져오는 길

마침내 해방 다음해인 1946년 가을, 효봉스님은 조계산 송광사를 떠나면서 아쉬운 마음을 한 편의 시에 담아 읊었다. 냉정한 자기성찰과 함께 새로운 길에의 의지를 담고 있는 내용이었다.

내가 송광사에 온 지 어느덧 십 년.
옛 어른들 품 안에서 편히 자고 먹었네.
헌데 오늘 조계산을 떠나는 까닭은 무엇이던고?
인간과 천상의 큰 복밭을 갈기 위해서라네.

가야산 해인사에 개설된 가야총림 방장으로 떠나면서, 효봉스님은 이 세상에 큰 복밭을 일구겠다는 인재양성의 원대한 뜻을 세웠으니, 바야흐로 가야총림에서 한국불교의 새로운 활력이 태동하기 시작한 셈이었다.
 효봉스님은 시봉을 맡은 수좌와 함께 삼일암 뜰에 서 있었다. 까치 우짖는 소리가 유난히도 크게 들려왔다.
 "내가 이 송광사를 떠나는 줄을 저 까치들도 아는 모양이구나."
 "그러게 말씀입니다요. 저 까치들이 아마도 조실스님께 작별인사를 드리는 모양입니다요."
 "작별인사를 하는 것이 아니라 나에게 법문을 하고 있느니라."
 "까치들이 법문을 하다니요, 스님?"
 "십 년 세월 이 조계산 송광사에서 편히 먹고 자고 잘 지냈으니, 그 밥값을 가야산에 가서 제대로 갚으라고 법문을 하는 게야."
 효봉스님은 나뭇가지에 앉아 우짖고 있는 까치들을 올려다 보면서 말했다. 시봉도 한참동안 까치들을 바라보고 있었다. 그러다가 불현듯 고개를 돌렸다.
 "저, 조실스님?"
 "왜?"
 "소승의 귀에는 저 까치들이, 조실스님 떠나시면 넌 어찌살래? 넌 어찌살래? 그렇게 묻고 있는 것 같사옵니다요."
 "……넌 어찌살래? 넌 어찌살래?"
 "예."

　약속이나 한 듯이 두 사람은 서로 마주 보았다. 까치들은 여전히 나무가지 위에서 자리를 옮겨가며 웃짖고 있었다. 잠깐동안의 침묵을 깨고 마침내 효봉스님이 웃음을 터뜨렸다.
　"허허허허……내 귀에는, 데리고 가시오! 데리고 가시오! 그러는 것 같구나."
　"그, 그럼 스님, 저를 데리고 가 주시렵니까? 예?"
　시봉의 입이 옆으로 찢어지면서 하얀 이가 드러났다.
　"까치가 데리고 가라고 그러니 데리고 가야지. 어서 가서 행장을 꾸려라."
　"저, 정말이시지요 스님. 감사합니다 스님, 감사합니다……."
　시봉은 연신 고개를 꾸벅 꾸벅 숙이면서 뛸듯이 기뻐했다. 그리고는 곧장 달음질쳐 방으로 들어갔다.
　"허허허허. 고녀석 참……."
　효봉스님은 뒷짐을 진 채 좋아하는 시봉의 뒷모습을 바라보며 빙그레 웃고 있었다. 그때 제자 우바리스님이 뜰에 올라서면서 스승에게 여쭈었다.
　"스님, 저 녀석이 왜 저렇게 신바람이 났답니까요?"
　"행장을 꾸리라고 그랬더니 저렇게 좋아하는구먼."
　"그러면 스님, 데리고 가시게요……?"
　"저 혼자 떨어지게 되니 눈빛이 슬퍼졌어. 놔두고 떠나자니 나도 눈에 밟히겠구…… 행장 꾸렸거든 어서 떠나야 할 것이야."
"예, 스님. 육환장 여기 있습니다요."
우바리는 두 손으로 육환장을 들어 스승에게 바쳤다. 지팡이를 받아든 효봉스님은 그 자리에 서서 땅을 몇 번 짚어보면서 혼잣말을 하듯이 나직한 목소리로 말했다.
"내가 다시 이 육환장으로 이 조계산 송광사 땅을 짚어볼 수 있을런지 모르겠어……."
효봉스님의 눈빛은 깊은 회한에 젖어있었다. 허공에 머물던 시선은 어느새 저 멀리 건너편 산마루를 향하고 있었다. 스승의 심기를 조심하면서 우바리도 나직한 목소리로 말했다.
"원 참 스님께서도, 무슨 그런 말씀을 다 하십니까요?"
제자의 목소리에 효봉스님은 멈칫하면서 시선을 거두어 들였다.
"……헌데 이 녀석, 행장 꾸려오라고 그랬더니 왜 여태까지 아니 나온다?"
"저기 옵니다요, 스님."
시봉은 걸망을 메고 양 손에는 무언가를 잔뜩 들고서 이쪽으로 걸어오고 있었다. 얼굴에는 여전히 웃음꽃이 피어 있었다.
"헤헤헤…… 저 때문에 오래 기다리셨습니까요?"
"그래, 무슨 행장을 그리 많이 꾸리느라고 지체를 했느냐?"
육환장을 짚고 선 조실스님의 질문이었다.

"먼 길을 가야할 테니 누룽지도 좀 챙겼구요, 딱딱하게 굳기는 했지만 인절미도 몇 개 넣었구만요, 스님."

"에이끼, 이 녀석. 너 그동안 조실스님 드리라고 올려온 인절미 빼돌려서 감춰 놨었구나?"

약간은 농담을 섞어서 우바리가 나무라는 투로 말했다.

"아, 아닙니다요 스님. 조실스님께서 저 먹으라고 주시는 거 아까와서 안 먹고 남겨 놨었습니다요. 그렇지요, 조실스님?"

시봉은 효봉스님의 얼굴을 쳐다보며 응원을 바라고 있었다.

"허허허허……그만 됐느니라. 누룽지에 인절미까지, 그만하면 양식걱정은 안 해도 되겠구나, 응? 허허허허……."

스승의 호탕한 웃음소리에, 제자 우바리는 머리를 조아리며 웃음 지었고 시봉은 더욱 즐거워하며 헤헤거렸다.

효봉은 옛 은사이신 금강산 도인 석두 노스님께 하직인사를 올리고 안타까운 마음을 안은 채 송광사 삼일암을 빠져나가고 있었다. 조계산을 떠난 발길은 걷고 걸어서 나흘 만에야 마침내 가야산에 닿았다. 해인사 가야총림에서는 새로이 추대한 방장스님이 오기만을 학수고대하고 있었다.

해인사의 은은한 범종소리가 효봉스님 일행을 반겨 주었다. 여장을 풀고 나자 효봉스님은 곧바로 주지스님의 인사를 받았다.

"해인사 주지, 방장 큰스님께 문안 드리옵니다."

"그래, 바로 그대가 주지직을 맡고 계신가?"
"예, 그러하옵니다."
해인사 주지스님은 공손히 절을 올리고 효봉스님 앞에 마주앉았다. 아직은 여독이 풀리지 않은 몸이었지만, 효봉스님은 곧바로 궁금한 것을 묻기 시작했다.
"그래……이 가야총림에는 수좌, 학인들이 몇 명이나 모여있는고?"
"예. 젊은 수좌, 학인들이 백여명 모여 있사옵니다."
"눈푸른 납자들이 백여명이나 된다구?"
효봉스님은 약간 놀라는 듯했다. 그러나 주지의 대답은 흔들림이 없었다.
"그렇사옵니다."
"경상도 일대에서 모여든 납자들이 그렇게 많단 말이던가?"
"아니옵니다, 방장스님."
"아니라면……?"
효봉스님은 또 한번 놀라는 듯했다.
"경상도 일대는 물론이요, 전라도 충청도 제주도, 심지어는 평안도 함경도에서도 모여들었습니다."
"흐흠……그래? 조선불교를 새롭게 일으켜 세울 인재들이 팔도에서 모여들었다니, 그것참 마음 든든한 일일세 그려!"

"그러하옵니다. 방장스님."

"내 이미 가야총림 방장을 수락할 적에 각오한 바 있거니와 그대도 뒷바침을 단단히 해줘야 할 것이야."

"예, 스님. 명심하겠습니다."

가야총림에는 팔도에서 모여든 눈빛 푸른 납자(衲子)들이 백여 명이나 모여 있었으니, 이를 본 효봉스님의 마음은 더 한층 뿌듯해졌다. 조선불교의 밝은 장래를 보는 것 같았기 때문이다. 효봉스님은 방장(方丈)으로서의 역할을 하나하나 펼쳐나갔다. 우선 송광사에서 데려온 제자 우바리로 하여금 가야총림의 원주(院主)를 맡아 살림을 꾸려가도록 일렀다. 그러나 분부를 받은 우바리의 입장에서는 한번 더 생각해봐야 할 문제였다.

"스님……소승더러 원주를 맡으라 하시면 아무래도 뒷말이 생겨날 것이옵니다요, 스님."

"뒷말은 무슨 뒷말? 총림에서 원주 자리는 그야말로 종살이거늘, 내가 데려온 제자로 하여금 종살이를 하도록 하겠다는데 무슨 뒷말이 있을 것인가?"

"하지만, 스님……."

"기왕에 총림에 왔으니 그대도 제대로 공부를 하고 싶겠지만……."

"그렇사옵니다, 스님."

제자 우바리는 얼른 대답했다. 공부에 대한 욕심이 없는 것은 아니었지만, 우바리가 원주 소임을 주저하는 데에는 또 다른 이유가 있었다. 스승 또한 우바리의 마음을 익히 짐작하고 있었다.
"많은 대중들의 살림살이를 맡아서 해주는 것도 아주 좋은 공부이니, 그렇게 알고 원주 소임을 맡도록 하게."
"하오나, 스님……."
"허허……왜 이리 토를 달고 나서는고? 내 이미 송광사에서 그대의 약조를 받은 바 있거늘……그때 그대가 나에게 무엇이라고 약조를 했던고?"
효봉스님이 애초에 가야총림의 방장 자리를 사양하고 있을 때, 제자 우바리가 옆에서 권유하여 자신의 마음을 돌이킨 사실을 상기시키고 있었다. 이번에는 스승과 제자가 정반대의 입장에 선 셈이었다.
"……."
"방장 자리는 감투가 아니라 뒷바라지 하는 심부름꾼이라고 하지 않았던가?"
"……."
우바리는 아무 대답도 못하고 있었다. 스승은 계속했다.
"……그런데 하물며 원주 자리가 무슨 감투라고 사양을 한단 말인가?"

"죄송하옵니다, 스님."

"원주는 말 그대로 살림살이를 맡은 소임. 불지펴 밥짓고, 반찬 만들고, 설겆이 하고……그야말로 대중들의 종살이. 그대가 종노릇을 제대로 잘해야 이 가야총림에서 쓸만한 인재를 키워낼 수 있을 터인즉, 그렇게 알고 소임을 맡아야 할 것이야!"

"예, 스님. 분부대로 거행하겠습니다."

우바리는 스승 앞에 깊이 머리를 숙였다.

백 여명의 많은 대중들이 한곳에 모여 생활하며 수행하고 공부해 나가기 위해서는 엄격한 규율이 필요했다. 효봉스님은 무엇보다도 우선 총림(叢林)의 법도를 바로세워야 한다고 생각했다.

"밖에 시자 있느냐?"

"예, 스님. 소승 여기 있사옵니다."

"잠시 들어오너라."

"예."

송광사 삼일암에서부터 줄곧 시봉을 맡아오던 수좌는 방장스님 앞에 무릎을 꿇고 앉았다.

"부르셨사옵니까, 조실스님."

시봉은 아직도 조실스님이라고 부르고 있었다. 방장스님이라는 사실을 아마도 깜빡 잊고 있는 눈치였다. 그러나 효봉은 개의치 않았다.

"그래, 너도 알다시피 이 총림에는 많은 대중들이 살고 있느니라."
"그렇사옵니다."
"많은 대중이 거처하는 처소에서는 법도가 바로 잡혀야 하는 법. 한 치 한 푼이라도 법도에 어긋남이 없도록 우선 너부터 명심해야 할 것이야."
"예, 스님······."
"······신발짝 하나라도 흐트러짐이 없어야 할 것이요, 곡식 한 알도 흘리는 일이 없어야 할 것이요, 걸음걸이 앉음새······그 어느 것 하나도 흐트러져서는 안 될 것이니라."
"예, 스님······명심하겠습니다."
시봉은 송광사 삼일암을 떠날 때 효봉스님이 자신을 데려와 준 것만 해도 큰 기쁨으로 여겼거니와, 지금 듣고 있는 훈계쯤은 충분히 각오했던 터였으므로 시봉의 대답은 시원시원했다. 그러나 그 순간, 시봉의 어깨쭉지를 딱! 죽비가 내리쳤다. 시봉은 흠칫 놀라며 고개를 들었다.
"어른 앞에 앉아서 그렇게 손가락 장난 하는 것, 그것도 법도에 어긋난 것이니라."
시봉은 엄지손톱으로 다른 쪽 손톱 밑을 파내고 있었던 것이다.
"예, 스님······잘못되었사옵니다."

 "너희들이 한 가지 법도를 흐트리면 다른 학인 수좌들은 열 가지 백 가지를 소홀히 하게될 것인즉, 이 점 각별히 유념해야 할 것이야."
 "명심하겠사옵니다, 스님······."
 가야총림에서 방장(方丈)으로서의 효봉스님의 가르침은 이렇게 시작됐다. 스님은 또 제자 우바리와 시봉에 대한 몸가짐을 특별히 강조했다. 물론 효봉스님 자신에 대해서는 더 말할 나위가 없었다. 그러한 엄격한 가르침은 가야총림에 모인 눈푸른 납자(衲子)들에게도 그대로 이어졌다.
 효봉스님은 법좌에 올라 주장자로 법상을 세 번 울렸다.
 쿵! 쿵! 쿵!
 저마다 웅성거리던 대중들은 물을 끼얹은 듯 조용해졌다. 효봉스님은 눈빛 푸른 젊은 수좌, 학인들을 둘러보고 나서 법문(法門)을 열었다.

 "여기 모인 여러 대중들은 잘 들으라! 그대들은 용맹하고 예리한 몸과 마음으로 지금까지 걸치고 있던 비린내 나는 장삼과 기름기에 찌든 모자를 벗어던져야 한다.
 천지를 뒤덮는 기염과, 부처와 조사를 뛰어넘는 빛을 토해내야 한다. 그래야만 부처와 조사와 벗할 수 있고, 또한 부처와 조사의

씨앗이 될 수 있을 것이야. 그러하지 못하고 여울을 거슬러 오르는 고달픈 물고기나, 갈대에 기대려는 약한 새, 참죽나무에 매어있는 여윈 말이나 말뚝을 지키는 눈 먼 나귀 따위가 된다면 그것을 대체 어디에 쓸 것인가?

그러므로 오로지 활구(活句)를 참구하고 사구(死句)를 찾지 말아야 할 것이니, 활구 아래서 깨달으면 영원히 잊어버리지 아니하겠지만, 사구 아래서 깨달으려 한다면 자기자신도 구제하지 못할 것이니, 만일 불조와 더불어 스승이 되려면 모름지기 활구를 밝혀 가져야 할 것이야……."

이때, 대중가운데서 한 학인이 용감하게 질문을 던졌다.
"하오면, 스님……활구는 무엇이고 사구는 무엇이옵니까?"
효봉스님은 주장자를 들어 법상을 한 번 가볍게 쳤다.

"활구는 무엇이고 사구는 무엇이냐?
활구(活句)는 물과 불이 서로 통하는 것과 같아 졸음과 망상이 침범할 수 없으되, 사구(死句)는 흐리멍텅하게 졸음과 망상에 빠지는 것! 활구는 그 뜻을 참구함이요, 사구는 그 말에 팔리는 것이니, 활구를 참구하는 사람은 그 눈빛이 어두운 밤에 등불 같고 사구를 쫓아가는 사람은 그 눈빛이 썩은 물고기의 눈과 같으니라."

효봉스님의 법문은 마치 물이 흘러가는 듯 막힘이 없었다. 대중들은 숨소리도 내지 않는 것 같았다. 선방 안의 고요한 침묵을 깨고 효봉스님은 긴 주장자를 들어 쿵! 쿵! 쿵! 법상을 세 번 울리고 법좌에서 내려왔다.

효봉은 가야총림 방장으로 있으면서 법상에 올라 법문을 들려주는 것을 크나큰 즐거움으로 알았다. 단 한 명의 수좌라도 더 눈을 밝혀주려는 책임감에서 우러나오는 법문이었다. 그것은 뛰어난 인재를 키워내는 일만이 한국 불교의 장래를 기약할 수 있다는 확신의 표현이기도 했다. 대중이 모여 청하는 법문은 말할 것도 없거니와 개별적으로 가르침을 청해 와도 거절하는 법이 없었다. 뿐만 아니라 시봉을 드는 시자스님이 무엇을 묻더라도 쉽고 자상한 가르침을 기꺼이 베풀었다. 한번은 문밖에서 시봉의 목소리가 들려왔다.

"조실스님, 조실스님."

"그래, 무슨 일이더냐?"

"소승, 잠시 들어가 뵙고 여쭐 일이 있사옵니다요."

"그래? 들어오너라."

시봉은 조심스럽게 방문을 열고 들어와 정중한 몸가짐으로 효봉스님 앞에 무릎을 꿇었다.

"그래, 나한테 무슨 할 말이 있다고 그러는고?"

"예, 말씀드리기 죄송하옵니다만, 소승은 조실스님께서 수좌들에게 법문하시는 걸 들었사옵니다."
 "내가 법문하는 걸 들었다고?"
 "예, 하온데……."
 "그런데 무엇이 궁금하다는 말인고?"
 다시 묻는 효봉스님의 얼굴을 쳐다보면서 시봉은 잠시 머뭇거리다가 이내 말문을 열었다.
 "예, 조실스님께서 법문하시기를……참선을 함에 있어서 온전히 살고 온전히 죽는 이는 빠르고, 반 쯤 살고 반 쯤 죽는 이는 더디다고 하셨습니다."
 "으음, 그랬지……그런데 무엇이 궁금하다는 말이냐?"
 효봉은 고개를 끄덕이며 시자의 얼굴을 응시하고 있었다. 시자는 그러한 스승의 눈빛을 더 이상 피하지 않았다.
 "소승, 아무리 생각을 해보아도 무슨 가르침인지 알 수가 없는지라 이렇게 여쭙게 되었사옵니다."
 "허허허허……그래 그것을 자세히 알고 싶어서 날 찾았단 말이지?"
 "예."
 평소 효봉스님을 그림자처럼 따라다니며 수발을 들던 시봉의 눈빛은 빛나고 있었고 굳게 다문 입술에서도 강한 욕구를 느낄 수 있었다. 시봉의 입장에서는 날이 가고 해가 바뀔수록 깊어만 가는 법

리(法理)에 대한 의문과 진리에 도달하고자 하는 욕구의 표현이었다. 그러한 시봉의 얼굴을 바라보면서 효봉스님은 조용히 말문을 열었다.

"수행자들이 수행을 하는 것이나 공부를 하는 것이나, 세속사람들이 농사를 짓는 것이나 장사를 하는 일이나……그 이치는 똑같은 것이니라."

"……이치가 모두 똑같은 것이라 하시면……?"

"농사를 짓는 사람이 하루는 농사일을 돌보고, 또 하루는 장터에 나가 기웃거리고……이처럼 하루는 논밭에 나가고, 또 하루는 장터를 기웃거린다면 그 농사가 과연 제대로 되겠느냐, 아니되겠느냐?"

"그, 그야……농사가 제대로 될 리가 없습니다."

상식적으로 쉽게 납득이 되는 말이어서 시봉은 얼른 대답했다. 효봉스님의 말은 이어졌다.

"또 장사를 하는 사람이, 하루는 장사를 하고 또 하루는 투전판에 기웃거리고……그러다가 다시 하루는 장사를 하고 투전판에 끼어든다면 그 장사가 제대로 되겠느냐, 아니되겠느냐?"

"장사가 제대로 될 리가 없습니다, 스님."

시봉의 대답을 확인이라도 하듯 잠시 기다렸다가 효봉은 자리를 고쳐앉으며 타이르듯 말했다.

"참선공부도 그와 마찬가지니라. 농사를 지으려면 온전히 짓고, 장사를 하려면 온전히 해야 농사도 장사도 제대로 되는 법. 참선공부를 함에 있어서도 가부좌만 틀고 앉아서 화두를 일심으로 참구하지 아니하고 온갖 번뇌 망상에 마음을 빼앗기면 그러한 공부는 십년 백년 해봐야 소용없으니……밥솥에 불을 지피는 것도 같은 이치요, 콩나물 한 가지 삶아 무치는 것도 똑같은 이치에서 시작되느니라."
 "예, 스님. 시원한 법문 내려주셔서 감사하옵니다."
 시봉은 공손히 머리숙여 예배(禮拜)를 드렸다. 효봉스님이 수좌들에게 법문하는 것을 귀동냥으로 들은 시봉으로서는 그 정확한 뜻을 알고 싶었던 것이다. 고개를 들고 스승과 마주한 시봉의 두 눈은 더욱 총명하게 빛나고 있었다. '생즉사 사즉생(生即死 死即生)'의 깊은 뜻을 헤아리고 있는 눈빛이었다.
 효봉스님은 가끔 시자와 함께 가야산 산길을 거닐곤 했는데, 그러던 어느 날이었다. 뒤를 따르던 시봉이 바짝 옆으로 다가서며 말했다.
 "저, 방장스님."
 "왜 그르느냐?"
 "며칠 전 큰 절 법당에서 웬 보살님을 뵈었는데요."
 "보살을 만났다고?"

"예."

효봉스님은 발걸음을 옮기면서 다시 물었다. 시봉도 그 뒤를 따르면서 대화는 이어졌다.

"그래 그 보살이 무얼 어쨌다는 말이냐?"

"예, 그 보살님이 부처님께 절을 하도 많이 올리기에, 무슨 까닭으로 그렇게 절을 많이 올리십니까? 하고 물어보았습니다요."

"그랬더니 그 보살이 무어라고 대답을 하던고?"

"복을 많이 받으려고 절을 많이 올린다고 했습니다요."

"흐음, 그래……?"

"하온데 스님, 정말 그렇게 부처님을 믿고 부처님께 절을 많이 올리면 정말로 복을 많이 받을 수 있는 것이옵니까?"

"아무렴, 복을 많이 받지."

"정말로 부처님만 믿으면 복을 많이 받는다구요, 스님?"

"부처님을 믿고, 부처님께 예배를 드리는 것은 곧 부처님의 가르침을 믿고 그대로 따른다는 것. 장사하는 사람에게 부처님은 이렇게 이르셨느니라……."

효봉스님은 옆에서 따르는 시자를 향해 미소를 보내면서 부처님이 하신 말씀을 들려 주었다.

무릇 장사하는 사람은 남을 속여서는 안 된다.

물건값을 속여서 이익을 더 보는 것은 남을 속이는 것이요, 나쁜 물건이나 상한 물건을 속여서 파는 것은 도적질과 같은 것, 좋은 물건을 제값에 팔아서 남에게 이익을 베풀어 주어야할 것이니…… 그렇게 해야 올바른 장사치라고 할 것이다.

효봉스님은 부처님의 말씀을 마치고 나서 시봉을 다시 한번 쳐다보며 말했다. 시봉의 두 눈은 빛나고 있었고 쫑긋한 두 귀가 유난히 크게 보였다.

"부처님의 이 가르침을 그대로 믿고 시행하는 장사치가 있다고 하자, 이 사람은 결코 값을 속이지 아니할 것이요, 물건의 모양을 속이지 아니할 것이요, 자기자신은 적은 이익을 보고 나머지 이익은 물건을 사가는 손님에게 나누어줄 것이니, 그렇게 하면 이 상점에는 늘 손님들이 구름처럼 몰려들 것이요, 소문이 널리 퍼질 것이니 결국은 장사가 잘되어 큰 부자가 될 것이야. 이것이 어찌 복받는 일이 아니겠느냐?"

시봉은 잠시 대답이 없었다. 그러더니 불현듯 무엇이 생각난 듯 방장스님을 올려보며 다시 질문을 던졌다.

"그, 그럼, 월급쟁이 면사무소 직원도 부처님을 믿으면 복을 받을 수 있는 것이옵니까?"

"왜? 네 속가에 면사무소에 다니는 친척이라도 있더란 말이냐?"

"예, 저, 사실은 사촌형님이 면사무소에서 서기일을 보고 있구먼요."

시봉의 대답을 들은 효봉스님은 가볍게 웃음을 터뜨렸다. 사촌형님의 일을 걱정하고 있는 시봉의 마음이 갸륵하다는 생각을 하고 있었던 것이다.

"허허허……고녀석 참, 아무렴……면사무소 직원도 부처님이 이르신대로만 하면 큰 복을 얻고말고……."

"저, 정말이시지요, 스님?"

"면사무소 직원 뿐이겠느냐. 금융조합에 다니는 사람이나, 공장에 다니는 사람이나, 이 세상 모든 사람들이 부처님 말씀대로만 하면 반드시 큰 복을 얻게 되는 게야."

"부처님이 어떻게 하라고 이르셨는데요, 스님?"

"어떻게 이르셨느냐구?"

"예, 스님."

"부처님은 이렇게 이르셨느니라……그대의 이익을 챙기기 전에 남의 이익을 챙겨주어라! 헛된 욕심을 부리지 말고 정직해야 할 것이니, 부정한 방법으로 재물을 탐하면 천 가지 재앙이 되나니 더 가지려고 욕심만 내지말고 후하게 베풀줄 알아라! 그대의 입으로 남을 속이는 말, 남을 해치는 말, 남을 이간시키는 말, 남에게 아첨하는 말을 하지 말 것이요, 어떻게 하면 남을 이롭게 할까, 남을 즐겁게 해줄까 생각하고 부지런히 베풀라! 그리하면 그대는 항상 극락에 살게 될 것이니라······."

효봉스님은 지그시 감았던 눈을 뜨고 시봉을 바라보면서 다짐을 받으려는 듯 다시 물었다.

"면사무소에 다니는 사람이건, 금융조합에 다니는 사람이건 정직하고 부지런하고 남을 위해 베풀줄 아는 사람은 결국은 칭송이 자자해져서 훗날 면장이 되고 군수가 될 것이니, 이것이 어찌 큰 복이 아니겠느냐?"

"하오면 스님, 부처님을 그냥 믿기만 해서는 아무 소용이 없겠습니다. 그렇지요, 스님?"

"제대로 알았느니라. 부처님께 백 번 천 번 절을 올리는 것보다 부처님 말씀 한 가지를 실행에 옮기는 것. 바로 그것이 천 가지 만 가지 복을 가져오는 길이니라."

효봉스님은 건너편 산마루를 바라보면서 마치 자기자신에게 대답하는 것처럼 나즈막히 말하고 있었다. 뒤에서 따르던 시봉은 더 이상 아무 질문이 없었다. 범종소리가 산자락을 타고 가야산 구비구비에 널리 퍼져나가고 있었다.

가야총림의 방장스님으로서의 효봉의 하루하루는 언제나 바빴지만 보람있는 시간들이었다. 안으로는 총림의 법도를 바로 세우는데 힘쓰고 밖으로는 중생교화(衆生敎化)에 정열을 불태우는 시절

이었다. 효봉스님의 이러한 정열은, 나중에 가히 한국의 우바리(優婆離) 존자라고 할만한 수제자 우바리스님의 의기(義氣)와 함께 쉬임없이 불타올랐다.

9
가야총림에서 빼앗긴 소

효봉스님이 송광사의 조실(祖室)을 맡고 있을 때는 일제(日帝)의 문화말살정책이 극에 달한 때였다. 이 무렵 효봉스님은 제자 우바리를 만났고 그로부터 얼마후 조국의 해방을 맞았다. 조국의 해방과 함께, 장차 이 나라 불교를 새롭게 중흥시키기 위해서는 무엇보다도 먼저 인재를 양성해야 한다는 것이 뜻있는 스님들의 생각이었다. 이렇듯 돈독한 뜻을 지닌 수좌들이 모여 개설한 것이 바로 가야총림(伽耶叢林)이었다. 효봉스님은 이 가야총림의 초대 방장으로서, 한편으로는 사찰의 살림살이를 돌보고 또 한편으로는 젊은 불자(佛子)들을 지도하고 있었다.

이 나라 불교계를 새롭게 일으켜 세울 젊은 인재들을 한창 양성하여 배출하기 시작하던 초여름 어느 날이었다.

"스님! 큰일이 일어났사옵니다……."

숨이 턱에 차서 방안에 들이닥친 것은 제자 우바리였다. 우바리스님은 방문을 닫는 일도 잊은 채 큰 숨을 몰아쉬며 스승의 얼굴만 쳐다볼 뿐이었다.

"큰일이라니, 무슨 말이던고?"

스승이 물었으나 제자는 가쁜 숨을 몰아쉬며 얼른 말을 잇지 못하다가 더듬거리듯 떨리는 목소리로 입을 열었다.

"……삼팔선이 터졌다고 하옵니다요, 스님."

"삼팔선이 터지다니……?"

우바리는 침을 한번 꿀꺽 삼키고 나서 대답했다.

"북쪽에서 인민군들이 밀고 내려왔다 하옵니다. ……그래서 서울을 이미 빼앗겼다 하옵니다, 스님……."

두 눈은 불을 뿜듯 빛나면서도 목소리만큼은 젖어있는 제자의 얼굴을 쳐다보면서, 스승 또한 얼른 말을 꺼내지 못하고 있었다. 효봉스님은 믿기지 않는 듯 고개를 내밀며 물었다.

"아니, 그럼……전쟁이 일어났단 말이던가?"

효봉스님은 제자의 말을 믿지 않으려는 것 같았다. 애써 부인이라도 하고 싶은 심정이었다. 그러나 그것은 사실이었다.

"그, 그렇사옵니다. 스님……."

갈수록 떨리고 있는 제자의 목소리를 듣고 나서야 효봉스님은 비

로소 고개를 들어 두 눈을 허공에 고정시켰다. 그리고는 혼잣말처럼 중얼거렸다.
 "……허허, 이 일을 대체 어찌하면 좋단 말이던고……?"
 일제 36년간의 길고 긴 식민지 생활에서 벗어나 이제 막 민족의 자존심을 회복해야 하는 시기에 일어난 6·25동란. 동족상잔의 비극은 한반도 전역을 잿더미의 폐허로 만들고 말았지만, 불교계 역시 예외일 수는 없었다. 돌이켜보면, 뜻있는 스님들이 모여 가야총림을 세운 것도 민족의 자존심 회복과 왜색(倭色)에 물든 불교계를 정화하기 위한 의지의 산물이었다. 그러한 큰 뜻을 헤아리고 있었기에 효봉스님 또한 막중한 책임을 쾌히 짊어졌던 것이다.
 서울이 인민군의 수중에 들어간 데 이어 대전이 함락되었다는 소식이 전해지자, 가야산 해인사도 술렁이기 시작했다. 아무리 깊은 산중에 자리잡은 신성한 도량(道場)이라도 전화(戰禍)의 바람을 피할 수는 없었다.
 "스님, 스님. 원주스님께서 문안드리러 오셨습니다."
 시봉의 목소리였다.
 "그래, 어서 들어오라고 일러라."
 원주를 맡고 있는 제자 우바리가 방문을 열고 들어와 엎드려 예를 갖추었다.
 "그래, 또 무슨 좋지 않은 소식이던가?"

"예, 스님. 인민군들이 대전을 지나 계속 남쪽으로 밀고 내려온다 하옵니다."
"허허, 이런 변이 있는가. 아니 그럼, 싸움이 그치지 아니했단 말이던가?"
효봉스님의 얼굴에는 실망의 빛이 역력했다. 행여나 하고 기대하던 자신의 속마음을 부끄러워하고 있는 것 같았다. 그러한 스승 앞에서 우바리는 아무말도 하고싶지 않았지만, 사태는 이를 용납하지 않았다.
"점점 더 커지는 것 같사옵니다, 스님. 그래서 말씀이온데요 스님……."
우바리는 말끝을 흐렸다. 스승은 기다리지 않고 제자를 다그쳤다.
"그래 또 무슨 일이던고? 어서!"
"수좌 학인들이 간밤에 또 십여명이나 피난을 떠났습니다……."
"무엇이? 십여명이……또 피난을 떠났다구?"
"……예."
"저런 고얀 것들이 있는가! 아무리 그렇더라도 온다 간다 말 한마디 없이 떠났단 말이던가?"
"예."
우바리의 대답에도 맥은 풀려 있었다. 순간, 효봉스님의 눈에는 어떤 배신감 같은 것이 스쳐가는 듯했다.

"허허……거, 젊은 것들이 그렇게 겁이 많아가지고서야 무슨 일을 해내겠는가. ……여보게 원주!"

원주를 부르는 목소리와 굳게 다문 입술이 다같이 떨리고 있었다.

"수좌와 학인들을 모두 한 자리에 모이도록 하게. 내 긴히 해줄 이야기가 있네."

"예, 스님. 분부대로 하겠사옵니다."

곧바로 불러나온 우바리는 시봉을 불러 방장스님의 뜻을 전하고, 자신도 요사체를 향해 급히 발걸음을 옮겼다. 때가 때인지라 대중들도 지체없이 선방으로 모여들었다. 효봉스님은 술렁이는 학인과 수좌들을 둘러보며 법상에 올랐다. 쿵!쿵!쿵! 주장자로 법상을 세 번 치자 법당 안은 쥐죽은 듯 고요했다. 방장스님의 할(喝)이 시작되었다.

"여러 대중들은 이 때를 당하여 잘 들어야 할 것이야. 난리가 일어나면 세속 사람들은 우왕좌왕 제정신을 잃게 마련이지만, 우리 절집안 식구들은 안심처를 얻어야할 것이니, 안심처를 얻으면 아무리 어려운 가운데 있더라도 걱정할 것이 없지만, 안심처를 얻지 못하면 때를 따라 마음이 흔들려서 어디를 가나 편안하지 못할 것이야. 제대로 발심수행(發心修行)한 납자(衲子)의 경지에 이르면 천지가 넓다하나 그것은 내 마음의 도량에 있는 것, 해와 달이 밝다 해도 내 눈동자에 미치지 못하고, 큰 바다가 아무리 평온해도 내 몸과 마음이 평온함만 못한 것! 태산이 높고 견고하다 할지라도 내가 세운 서원(誓願)만 못하며 송죽(松竹)이 곧다한들 내 등뼈에 미치지 못한다! 서릿발 같은 지혜의 칼날이 내 손에 있으니 병과의 난리가 두려울 게 없고, 영특한 의사의 신령스런 약을 항상 먹으니 질병근심이 또한 영원히 없다. 선정(禪定)과 기쁨의 음식이 항상 바리때기에 그득하니 주릴 염려가 없고, 복밭의 옷을 겹겹이 입었으니 추위의 고통 또한 없으며 청량산 약을 먹으니 삼복더위도 미칠 수 없는 것! 세간을 뛰어넘을 대장부의 살림살이는 마땅히 이러해야 하거늘, 그렇지 못하다면 송장을 끌고 밥도둑질 하는 자를 영원히 면치 못할 것이야!"

효봉스님은 주장자로 법상을 세 번치고 나서 대중들을 한 바퀴 돌아보고는 자리에서 내려왔다. 그러나 동란의 소용돌이 속에서는 효봉스님의 간곡한 법문도 아무 효험을 보지 못했다. 학인들이 속속 가야총림을 등지고 피난길에 올랐으니, 전세가 더욱 위태로워진 겨울에는 대부분의 학인 수좌들이 뿔뿔이 흩어져 가야총림에는 그 야말로 찬바람만 신음소리처럼 불어닥쳤다. 우바리를 비롯해 보성, 법흥, 원명 등 몇몇 수좌들만 남아서 효봉스님을 모시고 있었다.

그런 가운데 전세는 시시각각으로 위급해지고 있었다.

멀리서 몇 발의 총성이 들려왔다. 간헐적으로 울리는 총소리는 가야산 골짜기를 타고 해인사 경내에까지 거슬러 올라왔다. 몇 명 안 되는 수좌들의 마음이 더욱 심난해진 것은 당연한 이치였다.

"스님, 스님, 방장스님! 큰일났습니다요, 방장스님!"

헐레벌떡 뛰어오면서 소리를 지르는 것은 시봉이었다. 시봉을 맡은 수좌는 줄곧 효봉스님 곁을 떠나지 않고 있었다.

"허허, 그 녀석 무슨 일로 이리 호들갑을 떠는고?"

"아이구 방장스님. 크, 큰일 났습니다요……."

"허허, 이런 녀석을 봤나! 대체 무슨 일이기에 이리 호들갑을 떤단 말인고?"

"아이구 스님, 쳐들어 왔답니다요, 쳐들어 왔대요."

"쳐들어 오다니?"

시봉은 턱 밑까지 올라온 숨을 가누면서 자초지종을 애기했다. 시봉의 말에 따르면, 삼팔선을 넘어온 인민군들이 남하를 계속해 이곳 합천 땅까지 내려왔다는 것이다. 소련제 탱크를 앞세운 인민군들 앞에서 무방비 상태의 국군들은 거의 무력하게 무너져 후퇴를 거듭하던 때였다. 시봉의 말을 들은 효봉스님은 순간적으로 눈앞이 아득했다. 염려하던 일이 현실로 다가온 것이었다. 효봉스님은 곧바로 원주를 불러오도록 일렀다. 기별을 들은 원주가 어느새 문앞에 와 있었다. 효봉은 원주를 불러 앉혀놓고 한동안 아무 말이 없었다. 그러자 원주가 먼저 여쭈었다.
"……분부하실 말씀이라도 계시옵니까, 스님?"
갈피를 제대로 잡지 못하는 듯, 효봉은 한동안 천장만 멍하니 바라보고 있다가 입을 열었다.
"이제 이 가야총림에 몇 명이 남아 있는고?"
"예, 보성, 법흥, 원명 그리고 소승 밖에는 없사옵니다, 스님. 시봉을 맡은 수좌하고요……."
원주를 맡고 있는 우바리스님도 마음이 착잡하기는 마찬가지였다. 마치 원주의 소임을 제대로 하지 못해서 많은 학인 수좌들이 가야총림을 떠난 것 같은 자책감을 느끼고 있었다. 그러한 속마음 때문에 우바리스님의 목소리는 풀이 죽어 있었다. 효봉스님이 다시 물었다.
"아랫마을까지 인민군이 들어왔다구?"
"예, 소도 끌어가고 양식도 털어가고 그랬다 하옵니다."
"아니, 소도 끌어가고 양식도 털어갔어?"
"예."
"인민을 위한 해방군이라고 하면서 노략질을 해갔단 말이지?"
"듣자하니 유엔군이 인천에 상륙해서 전세가 뒤집히자, 산 속으로 숨어 들어서 빨치산이 되었다고 하옵니다."

"그러면 이 가야산에도 많이 숨어 있겠구만?"

"그렇다고 하옵니다."

유엔군이 인천에 상륙하자 퇴로가 막힌 인민군들은 산 속으로 숨어들어 비정규 유격전을 계속했다. 당연히 군수 물자의 보급이 중단되어 인민군들은 노략질과 약탈로 생활하는 수밖에 없었다. 원주인 우바리스님의 말을 듣고난 효봉스님은 결심한 듯 말했다.

"세상 돌아가는 꼴이 심상치 않으니 자네가 수좌들을 데리고 가야산을 떠나야겠네."

놀란 사람은 제자 우바리였다. 우바리스님이 다가앉으며 스승에게 물었다.

"예에? 아니 그럼, 방장스님은 안 떠나시게요?"

"이 늙은 중이야 떠나거나 안 떠나거나 무슨 일이 있겠는가마는 젊은 수좌들은 피해야할 것이니, 오늘 밤으로 당장 떠나도록 하게."

우바리로서는 스승의 말을 납득할 수 없었다. 아니 수긍할 수 없는 일이었다.

"아니되옵니다, 스님. 소승도 수좌들에게 어서 피난을 가라고 몇 번이나 전했습니다만, 죽어도 방장스님 모시고 죽고, 살아도 방장스님 모시고 살겠다고 한사코 떠나지 않고 있사옵니다."

효봉스님은 잠시 눈을 감고 무언가를 생각하는 것 같았다. 제자 우바리의 넓은 마음을 새삼 헤아리고 있는 것 같기도 했다. 그리고 나서 다시 덧붙였다.

"허허, 이런 멍청한 것들을 봤나. 젊은 것들은 여기 있으면 안 된다니까 그래? 어서 가서 수좌들을 데리고 오게!"

그러나, 가야총림에 남아있던 보성, 법홍, 원명수좌는 결코 피난을 떠나지 않겠다고 버티는 것이었다. 이들과 맞서 효봉스님의 태도 또한 완고했다.

"이런 답답한 사람들을 보았는가? 늙은 사람은 화를 면할 수 있지만 젊은이들은 화를 당할 것이 불을 보듯 뻔하거늘 어찌 이리 말을 듣지 않고 고집을 부리는고!"

모여앉은 수좌들을 향해 꾸짖는 듯 효봉스님의 언성이 높아졌다. 그러자 방 한쪽 구석에 앉아있던 시봉이 나섰다.

"하오면 방장스님께서도 소승들과 함께 피난을 가시면 될 일이 아니옵니까?"

"아, 이 녀석들아! 너희들도 알다시피 이곳 해인사에서는 농사를 짓느라고 소를 키우고 있다. 그런데 이 늙은 중마저 가버리면 소 여물은 대체 누가 쑤어 먹이겠느냐?"

효봉스님은 전란의 와중에서도 축생(畜生)에 대한 생각을 놓치지 않았다. 이번에는 보성스님이 나섰다.

"그야 스님, 피난갈 때 소를 끌고 가면 될 일이 아니겠습니까?"

"그건 안 될 소리! 사람도 숨어서 피난을 해야하는 판국이거늘 소를 끌고 간다면 그것은 섶을 지고 불 속에 뛰어드는 격, 세상의 웃음거리가 될 것이야."

"하오나, 스님……."

"옛부터 늙은이는 화를 면할 수 있는 법. 나는 소풀이나 뜯어먹이고 여물이나 쑤어주면서 가야산을 지킬 것이니, 너희들은 오늘밤으로 당장 가야산을 떠나야한다!"

효봉스님의 뜻은 완고했으나 남아있는 수좌들은 얼른 결론을 내리지 못하고 있었다. 그런데 바로 그날밤이었다. 총소리가 요란하게 들려왔다. 멀리서 들려오는 총소리는 아니었다. 마침내 해인사는 가야산에 본거지를 둔 빨치산의 습격을 받은 것이었다. 어느새 절 마당에서는 빨치산들이 공포를 쏘아대며 고래고래 고함을 지르고 있었다.

"이 절간에는 중들도 없나? 날래날래 손들고 나오라우! 이 절간에는 중들도 없어? 날래날래 나오라우!"

주위에서 아무 기척이 없자, 빨치산들은 공포를 몇 발 더 쏘고 나서 똑같은 말을 반복했다. 방안에 앉아 있던 수좌들은 어찌할 바를 모르고 있었다. 그러자 효봉스님이 자리에서 일어났다. 그리고는 목소리를 낮춰 말했다.

"너희들은 모두들 꼼짝말고 여기 있거라."

가야총림의 방장스님이 몸소 나선 것이다. 효봉스님은 방문을 열고 나서 위엄있는 목소리로 말했다.
"에헴! 거 밖에 누가 오셨는가?"
인기척을 내자 어둠 속에서 총에 장탄하는 소리가 찰칵! 들려왔다. 곧이어 빨치산의 거친 목소리가 총을 쏘듯 튀어 나왔다.
"거기 서랏! 누구냐?"
효봉스님은 조금도 놀라지 않은 듯 이상하리만치 침착한 어조로 말했다.
"나는 이 절에 살고 있는 늙은 중일세."
"허튼 수작하면 이 총으로 갈겨버릴 테니 시키는대로 하라우!"
빨치산의 목소리는 카랑카랑했다.
"허허, 이 늙은 중더러 무엇을 어찌하라는 말인고?"
"꼼짝말고 그대로 서 있으라우!"
효봉스님은 뒷짐을 진 채 방문앞에 버티고 서 있었다. 빨치산은 손전등을 비춰 나이 많은 승려임을 확인하고 나서야 가까이 다가섰다. 여전히 총부리는 겨눈 채였다.
"이것보오, 늙은 중동무!"
"늙은 중동무? 허허허허……."
다가선 빨치산은 인민군 복장이었다. 턱 밑에 뻗쳐나온 수염이 네모진 얼굴을 더욱 험상궂게 만들었다. 효봉스님이 한바탕 웃고

나자, 인민군은 손전등을 코 앞까지 내밀며 바짝 다가섰다.
"어찌 웃지비?"
"아, 늙은 중이면 늙은 중이지 늙은 중동무라고 하니 우습지 않은가, 응? 허허허허……."
효봉스님은 뒷짐을 진 채 목을 뒤로 젖혀 한바탕 더 웃어제꼈다.
"웃지 말기요! 내 말 잘 들으오."
"듣고 있네."
"알나시꾀 우리는 남조선을 해방시키러 온 해방전사들이오!"
"그런데 이 늙은 중한테 무슨 볼일이라도 있단 말이던가?"
효봉스님이 태연하게 물었다. 그러자 인민군은 고개를 갸우뚱거리면서 말했다.
"이 절간에 분명히 소가 있다고 하던데 대체 어디다 감춰 두었지비?"
"이 해인사에 있는 소를 찾으러 왔다……?"
"그렇슴메."
"아니, 해방전사들이 농사짓는 소는 왜 찾는단 말인가?"
효봉스님은 짐짓 능청스럽게 말했다. 이에 대해 인민군은 태연히 대꾸했다.
"우리 해방전사들이 잡아먹겠슴메."
"소를 잡아먹겠다?"

"그렇습메."

효봉스님은 눈을 크게 뜨고 인민군의 얼굴을 쏘아보면서 말했다. 목소리는 격앙된 듯 다소 떨리고 있었다.

"여보게 젊은이, 농사짓는 소를 김일성이가 잡아먹으라고 시키기라도 했단 말이던가?"

"무시기? 방금 무시기라고 그랬지비?"

인민군은 곧바로 반발하고 나섰다. 그러나 효봉스님은 더욱 또렷한 목소리로 다시 말했다.

"농사짓는 소를 김일성이가 잡아 먹으라고 시키더냐 물었네."

찰칵, 장탄하는 소리가 들렸다. 인민군은 총부리를 내밀며 씩씩거렸다.

"김일성 장군님을 김일성이라고 했지비? 이 놈의 늙은 중, 콱! 총살감이닷!"

그러자 옆에 나란히 서 있던 다른 인민군이 총대를 잡으며 제지하고 나섰다. 아슬아슬한 순간이었다.

"아아, 잠깐만, 동무! 남조선 중들은 산 속에만 살아서 세상물정을 몰라서 그랬을 테니, 그대신 소가 어디 있는지 그것만 가르쳐주면 총살만은 면해줍세…… 날래 말하오! 소는 어디 있지비?"

코를 벌름거리며 씩씩거리는 동료에게 눈짓을 하고나서 인민군은 효봉스님을 다그쳤다. 그러나 대답은 마찬가지였다.

"이 늙은 중, 소 먹이는 소임이 아니어서 어디다 매 놓았는지는 나도 모르겠네."

또 한 인민군이 장탄한 총을 겨누며 다가섰다.

"이 놈의 늙은 중, 아무래도 이거 안 되겠구만 기래? 응?"

금방이라도 방아쇠를 당길 태세였다. 그러나 효봉스님은 동그란 총구를 빤히 바라보고만 있었다. 팽팽한 긴장의 순간이었다. 그런데 바로 이때였다. 어디선가 길고 우렁찬 소울음 소리가 들려왔다. 소울음 소리는 밤의 적막을 깨고 가야산 골짜기를 타고 퍼져나갔다. 효봉스님 면전에 겨눈 총부리가 내려지는 순간이었다. 인민군은 총부리를 소울음 소리가 들리는 쪽을 가리키며 동료에게 말했다.

"날래 가서 끌고 오라우!"

참으로 기묘한 일이었다. 효봉스님의 목숨을 구하기라도 하듯 숨겨놓은 소가 울어댔던 것이다. 빨치산들은 금새 소를 찾아 마당으로 끌고왔다. 손전등에 비친 소의 큰 눈망울은 이미 젖어있는 것 같았다. 효봉스님은 잠깐 눈을 감았다. 아니, 꿈벅거리며 처연히 바라보고 있는 소의 눈빛을 피하는 것 같았다.

"여, 여보게, 젊은이들."

"무시기 소리요?"

"내 가지고 있는 돈을 모두 내놓을 테니, 이 소만큼은 놔두고 가시게."
 "종이 쪼가리는 삶아 먹을 수 없지만 이 소 한 마리만 있으면 우리 해방전사들이 열흘은 먹고 살 수가 있슴메, 헤헤."
 고삐를 쥔 인민군은 혓바닥을 내밀기라도 하듯이 헤헤거렸다. 끌려나온 소는 밤하늘을 쳐다보며 다시 한번 길게 울음소리를 냈다.
 "하지만 여름내내 농사를 지어준 이 소에게 무슨 죄가 있다고 이러시는가?"
 효봉스님은 앞으로 나서며 고삐를 빼앗으려고 하였다.
 "총살 안 시킨 것만 해도 다행인줄 알라우! 저리 비키라니까 기래!"
 인민군은 다가서는 효봉스님을 팔꿈치로 우악스럽게 밀어버렸다.
 "자, 기럼 다들 출발한다. 가자!"
 땅바닥에 나둥그러지는 스님을 팽개치고 인민군은 소 고삐를 끌었다. 효봉스님은 땅바닥에 쓰러진 채 점점 멀어져가는 소울음 소리를 들으며 관세음보살을 불렀다. 소울음 소리는 점점 멀어져 갔다.
 "나무관세음보살, 나무관세음보살, 나무아미타불 관세음보살……."
 가야산에 본거지를 둔 빨치산들에게 수모를 당한 효봉스님은 며

칠 동안 관세음보살만을 염하며 생활했다.
"스님, 정말 다치신 데는 없으시옵니까요? 예?"
"그래, 나는 괜찮다마는 내 대신, 그리고 너희들 대신, 죄없는 소만 끌려갔구나……나무관세음보살……."
"허지만 그만하시기에 다행입니다요. 아랫마을에서는 사람도 여럿 죽였다고 하던데요."
"아랫절에는 별일이 없어야 할텐데. 원주는 왜 이리 걸음이 더딘고……."
"금방 알아보고 오신다고 했으니 돌아올 때가 되었습니다요, 스님."
시봉이 아뢰었다. 이윽고 아랫절에 내려갔던 우바리수좌가 돌아왔다.
"아랫절에서는 양식을 있는대로 모두 털어갔다 하옵니다."
"양식을 털어갔다구?"
"예, 땅을 파고 묻어둔 양식 항아리까지 귀신처럼 찾아내 모조리 털어갔다 하옵니다."
"허허, 이거 범상한 일이 아니로구나."
"범상한 일이 아니라 하시면?"
우바리수좌가 물었으나, 효봉스님은 대꾸를 하지 않았다. 마음속의 갈등을 정리하며 결정을 내리는 중이었다.

"어서 모두 행장을 꾸려라."
"피신을 하시게요, 스님?"
"……양식을 털어가고 소를 끌어가고 노략질을 시작했으니 그 다음에는 필경 사람들을 끌어갈 것이요, 그렇게되면 너희들도 끌려가서 총알받이 되기가 십상일 것이야."
"그럼 방장스님께서도 저희와 함께 가시는 것이지요?"
효봉스님과 우바리수좌 사이에 시봉이 끼어들어 여쭈는 말이었다.
"이 늙은 중 고집부리다가 너희 젊은 것들이 총알받이로 끌려가는 걸 어찌 보겠느냐? 어서들 서둘러라!"

10
매화나무 종자를 가져오너라

 6·25동란이 터진 지도 어느덧 반 년이 지났다. 1950년 초겨울, 효봉스님은 우바리, 보성, 원명, 법홍 등 제자들과 함께 가야산을 떠나 피난길에 올랐다. 걸망 하나씩을 짊어지고 떠나는 피난길이라, 일행이 가야산 산자락을 벗어나 성주땅에 들어섰을 때는 어느새 해가 서산마루에 뉘엿뉘엿 져가고 있었다. 빨갛게 물든 노을을 바라보며 효봉스님은 일행의 여정을 걱정하고 있었다.
 "어두워지기 전에 읍내에라도 당도해야 객주집 빈방이나마 얻을 터인데 이거 원 낭패로구나."
 혼잣말을 하듯 했으나 옆에서 따르던 시봉이 듣고 나서 말했다.
 "그건 너무 염려마십시오, 스님. 좋은 수가 있을 것이옵니다요."
 "좋은 수가 있을 것이라니?"

"아까 산모퉁이에서 잠깐 쉴 때 들었는데요, 여기서 조금만 더 가면 보성스님의 속가가 있다고 그러던데요."
"이 근처에 보성수좌의 속가가 있다고?"
"예, 그렇다고 들었습니다."
효봉스님은 뒤를 돌아보며 원주를 불렀다.
"여보게, 원주스님."
우바리는 발걸음을 재촉해 효봉스님 곁으로 바짝 다가서며 말했다.
"원 참 스님두, 소승 이제 가야총림을 떠났으니 원주가 아니옵니다요, 방장스님."
효봉스님은 빙그레 웃고나서 말했다.
"이 사람아, 그렇게 따지기로 한다면 나도 이제 가야총림을 떠났으니 방장이 아닐세. 그렇지 않은가? 응? 하하하하!"
효봉스님은 목을 뒤로 제끼며 오랜만에 통쾌하게 웃어댔다. 우바리수좌도 따라 웃었다. 나머지 일행도 오랜만에 마음의 여유를 찾는 것 같았다. 효봉스님은 여전히 웃는 낯으로 우바리수좌를 향해 말했다.
"우리가 비록 가야총림을 떠났으되 그 소임까지 벗어던진 것은 아니니, 오늘밤 우리 식구 먹고 자고 하는 것은 원주스님 책임이시네."

"소승도 크게 걱정을 했습니다만 다행히 이 보성수좌가 오늘 살림을 맡겠다고 하옵니다. 안 그런가 보성수좌?"

우바리는 옆의 보성수좌를 바라보며 확인이라도 하는 듯 말했다. 어깨에 걸망 하나씩을 둘러메고 일행은 보성수좌의 속가를 향해 발걸음을 옮겨갔다.

효봉스님은 제자들과 함께 보성수좌의 속가에서 하룻밤 신세를 지고 다시 피난처를 향해 바쁜 걸음을 재촉했다. 대구를 거쳐 부산에 당도하여 좌천동 연등사에 머물다가 동래 금정산 금정선원에서 수행정진을 계속하게 되었다.

그러던 어느 날이었다. 우바리수좌가 아침 문안 인사를 올리고 나서 물었다.

"스님께서는 어디 편찮으신 데라도 없으신지요?"

"나야 뭐, 별탈 없으이. 당분간은 이 금정선원에서 정진할 것이니 자네도 그리 알고 선방에 들도록 하게."

"……그래서, 스님께 드릴 말씀이 있사옵니다."

우바리의 몸가짐과 말투는 오늘따라 더욱 진지해 보였다.

"무슨, ……말이던고?"

"제가 스님 문하에 들어온 지도 어언 십 년이 되었습니다."

송광사를 찾아온 청년 소봉호. 당시 이발사를 하다가 효봉스님 밑에서 삭발출가하여 수련(秀蓮)이라는 법명을 얻은 지도 벌써 십 년이 지났다. 효봉스님은 잠시 감회에 젖는 듯했다.
 "……하오나 소승, 아직 공부를 제대로 하지 못하고 업보가 두터운데다가 선근이 너무 얇아서 나아감이 전혀 없었으니 부끄럽기 그지 없사옵니다."
 "가야총림에 데리고 가서 원주노릇을 시켰으니 내 허물도 크다고 할 것이야."
 효봉스님은 잠시 지나간 시간들을 떠올리는 것 같았다. 그리고는 계속 말을 이었다.
 "하지만 너무 조바심 낼 것 없네. 공부란 오래 한다고 되는 것이 아니요, 또 오래 한다고 해서 다 깨달음을 얻는 것도 아니라네."
 "말씀드리기 죄송하오나 소승 이제 스님의 슬하를 떠나 정신 바짝 차려서 새로운 각오로 공부를 할까 하오니 허락하여 주십시오, 스님."
 "……그래? 그럼 이제 내 곁을 떠나겠다, 그런 말이던가?"
 "스님 슬하에서 언제까지 이렇게 응석받이로 지내서야 장차 어디에 쓰겠사옵니까?"
 "그렇다면……그럼 이번에는 진주 응석사에 가서 용맹정진을 해보도록 하게."
 "감사하옵니다, 스님."
 효봉스님은, 우바리 존자를 떠올리며 출가를 허락했던 제자 소수

련(蘇秀蓮)수좌, 훗날의 구산스님을 진주 응석사(凝石寺)에 보내 수행을 하도록 허락했다. 그런데 진주 응석사에서 용맹정진을 시작한 지 채 석 달도 안 된 그해 늦겨울, 1951년 1월 하순경이었다.

　세찬 바람결에 금정선원의 처마끝에 매달린 풍경이 요동을 치는 듯했다.

　시봉은 한 통의 편지를 효봉스님 앞에 내밀었다. 진주 응석사에서 우바리수좌가 보낸 서찰이었다. 효봉은 곧바로 겉봉을 뜯어 소리내어 읽어내러 갔다.

　"흐음……대지색상본자공(大地色相本自空), 고목입암무한서,(枯木立岩無寒暑), 춘래화발추성실(春來花發秋成實)이라……대지색상이 본래 스스로 공한 것, 고목나무 서 있는 바위에 춥고 더움이 없으니, 봄이 오니 꽃이 피고 가을되니 열매가 맺히더라……허허허허……."

　한문으로만 씌여진 글귀를 읽고 나서 효봉스님은 시봉에게 일러주기라도 하듯 그 뜻풀이까지 덧붙였다. 그리고 나서 한참동안이나 호탕하게 웃어댔다. 곁에 있던 시봉은 궁금했다.

　"왜, 그러시옵니까요, 스님?"

　"이만하면 우바리 수좌가 한소식 했다고 할 것이니, 너는 어서 가서 지필묵을 가져오너라."

　"우바리 수좌가 한소식 했다니요, 스님?"

"아 인석아, 어서가서 지필묵부터 가져와."
 효봉스님은 붓에 먹을 듬뿍 찍어 전법게(傳法偈)를 써내려 갔다.

 구산법자에게 주노라.
 한 그루 매화를 심었더니
 옛 바람에 꽃이 피었구나.
 그대 열매를 보았으리니
 내게 그 종자를 가져오너라.

 효봉스님은 전법게를 쓰고 나서 붓을 벼루 위에 놓지도 않은 채 또 한바탕 웃음을 터뜨렸다. 누가 듣더라도 유쾌하고 호탕한 웃음소리였다. 보성수좌도 덩달아 밝게 웃으며 스승에게 여쭈었다.
 "아니 스님, 정말로 무슨 기쁜 소식이라도 받으셨습니까?"
 "암, 기쁜 소식이고 말고. 한 소식 전해 받았으니 이 또한 기쁘지 아니하겠느냐. 이제부터 우바리 수좌는 구산스님이 되었느니라. 아홉 구자, 뫼 산자, 구산이니라."
 구산(九山)이라는 법호는 이때 처음 내려진 것이었다. 은사인 효봉스님으로부터 법호를 전해받은 구산스님은 그 기쁜 마음을 이루 말할 수 없었다. 그러나 또 한편으로는 두렵기도 했다. 그로부

터 얼마 후 구산스님은 금정선원으로 돌아왔다. 마침내 때를 보아 늘 궁금하게 여기던 점을 스승에게 여쭈었다.
"스님께서 참으로 소승에게 아홉 구자, 뫼 산자를 법호로 내리시옵니까?"
"내 이미 내 손으로 글을 써 주었거늘 무엇을 더 묻는가?"
"하오면 대체 구산이 무엇이옵니까, 스님?"
"봉우리가 보이지 않는 것이 바로 구산이니라."
"그 봉우리는 무엇이옵니까?"
"……."
효봉스님은 제자의 물음에 더 이상 대답하지 않았다. 그냥 빙긋이 웃을 뿐이었다. 이발사 출신이라고해서 우바리 스님이라는 별칭을 얻고 있던 구산스님은 스승으로부터 법호를 받고 나서 더욱 분발하여 용맹정진을 계속했다.
졸음을 쫓기위해 송곳을 거꾸로 세워 턱 앞에 꽂았고, 이번에는 졸음이 옆에서 오자 관자놀이 앞에 꽂았고, 그래도 졸음이 찾아와 고개가 뒤로 젖혀지면 뒤에도 송곳을 꽂고 정진을 계속했다. 그만큼 구산은 스승의 은혜에 보답하기 위해 철저한 수행을 해나갔다. 마침내 구산은 홀연히 깨달음을 얻었다. 그리고 곧 오도송(悟道頌)을 지어 스승에게 바쳤다.

보현보살(普賢菩薩)의 터럭속에 깊이 들어가
문수보살(文殊菩薩)을 붙잡으니 대지가 한가롭구나.
동짓날에 소나무가 스스로 푸르르니
돌사람이 학을 타고 청산(靑山)을 지나가네.

효봉스님은 제자의 오도송을 보고는 크게 기뻐했다.
"이제 그대가 확실히 깨달았으니 내 감히 오늘부터는 도인이라 부를 것이야! 응, 하하하하……."
구산은 이토록 기뻐하는 스승을 지금까지 본 적이 없었다. 스승의 웃음소리는 좀처럼 그칠줄 몰랐다. 그 앞에 엎드려 예배(禮拜)하는 제자의 허리 또한 오랫동안 펴질줄 몰랐다.

부산 금정산 금정선원에서 정진을 하는 동안 계절은 어느덧 바뀌어가고 있었다. 얼었던 땅이 풀리고 물 흐르는 소리가 여기저기서 들리기 시작했다. 하루는 문득 제자들을 불러모았다. 효봉스님이 먼저 말문을 열었다.
"이제 날씨도 어지간히 풀렸으니, 금정산 봄기운은 어떠하던고?"
"개나리꽃은 이미 피었고 백목련이 꽃봉오리를 내밀고 있사옵니다, 스님."

　제법 그럴듯한 시봉의 대답이었다.
　"또 다른 소식은 어떠하던고?"
　이번에는 보성수좌가 대답했다. 보성의 관심거리는 난리를 당한 시국(時局)에 있는 모양이었다. 효봉스님 또한 보성수좌의 대답을 기다리고 있는 듯했다.
　"예, 피난살이 북새통에 부산은 온통 숨이 막힐 지경이옵니다."
　"그래, 만백성이 환난을 만나 중병을 앓고 있음이니 이 중병은 모두의 어리석음에서 비롯된 것, 총칼로 한 쪽을 집어 삼키려는 그릇된 욕심탓이요, 제집안 문단속은 아니하고 호의호식 부귀영화에만 정신이 팔린 어리석은 자들이 자초한 것이니 그대들은 더욱 분발 용맹정진하여 위로는 가없는 도를 깨우치고 아래로는 고해중생들을 제도해야 할 것이야."
　효봉스님은 묵묵히 듣고 있는 제자들을 둘러보고 나서 계속했다.
　"내 이제 더 열심히 수행정진할 곳을 찾아 저 멀리, 전라도 해남 두륜산 대흥사로 가고자 한다. 따라 나서면 허락할 것이요, 여기 남고자 해도 허락할 것이야."
　효봉스님이 말을 마치자, 맨 먼저 입을 연 것은 시봉을 맡은 수좌였다.
　"소승, 큰스님을 따라 뫼시겠사옵니다."
　"소승도 따라 모시겠습니다."

원명과 보성수좌가 차례로 말했다. 마지막으로는 구산이 아뢰었다. 모두가 따라가겠다고 나섰지만 한꺼번에 모두 데리고 갈 수는 없었다. 내심 효봉스님은 한두 명만 나서주기를 기대하고 있었다. 별 수 없이 구산과 원명 두 제자만 동행하기로 결정했다.
 "스님, 정말로 저희들을 부르시는 것이지요, 예?"
 뱃고동 소리가 울리는 부둣가에서 시봉은 스승에게 다짐이라도 받아 두려는 듯 말했다. 비록 영원히 헤어지는 일은 아닐지라도 그의 눈망울에는 어쩔 수 없는 서운함이 배어있었다.
 "머물 곳을 정하거든 기별을 할 것이니 보성과 법흥수좌는 기다리고 있거라."
 "기별을 주시면 저희들은 어떻게 배를 타고 가야됩니까요, 스님?"
 "그때, 내가 자세히 기별을 할 것이다마는 부산에서 여수까지는 이 배를 타고 오고, 여수에서 해남까지는 내내 육로로 와야 할 것이니 그렇게 알고 있거라."
 뚜, 뚜, 뱃고동소리가 울렸다. 시봉은 다시 한번 큰 목소리로 말했다.
 "꼭 기별을 주셔야 합니다요, 스님."
 "오냐, 오냐······."
 다시 뱃고동 소리가 길게 울리더니 뱃머리가 뭍에서 멀어지기 시

작했다. 구산과 원명, 두 제자와 효봉스님을 실은 여객선은 한려수도의 해안선을 따라 먼 항해에 나섰다. 금정선원에 남게 된 보성과 법흥수좌는, 여객선이 눈에서 안 보일 때까지 내내 부두에 서서 큰스님 일행의 평안을 기원하고 있었다.

11
뱃길따라 얻은 수행처

　여수(麗水)행 여객선은 전란(戰亂)으로 어수선해진 사람들의 마음을 실은 채, 간혹 무겁게 몸을 뒤척이면서 중간 기착지인 통영항(統營港)에 뱃머리를 들이밀고 있었다. 부산항을 떠난 여객선은 잠시 이곳에 들렀다가 여수로 항해를 계속할 참이었다. 부두가 가까워오자 뱃고동 소리를 한 번 길게 뿜어댔다. 선실 안에 앉아있던 효봉스님은 구산과 원명 두 제자에게 물었다.
　"여기가 아마 통영이라고 그랬지?"
　"예, 스님. 통영이라고 하옵니다."
　구산이 대답했으나, 효봉스님은 대답은 기다리지도 않았다는 듯 단호하게 말했다.
　"걸망들 메고 어서들 나와!"

"아니, 왜요? 스님."
 이번에는 원명이 의아스런 눈으로 스승을 쳐다보았다. 효봉스님은 벌써 걸망을 어깨에 메고 있었다.
 "여기, 이 통영에서 배를 내려야겠어."
 "예에? 아니, 스님. 여수까지 가야한다고 그러시지 않았습니까?"
 "날짜 정해놓고 가는 길이 아니니 여기서 배를 내려 며칠 쉬었다 가는 게 좋겠어."
 그러자 구산수좌의 눈빛이 갑자기 달라졌다. 새삼스럽게 스승의 얼굴을 훑어보았다.
 "어디……편찮으십니까요, 스님?"
 "아, 아니야. 어디 뭐 아프다기보다도……."
 "그러고 보니……배멀미를 하시옵니까, 스님?"
 "아니다. 배멀미를 하는 게 아니라……."
 "아, 알겠습니다요 스님. 여기서 배를 내려 쉬었다 가면 되지요. 자, 저를 꼭 붙잡고 나가십시다요."
 구산과 원명은 스승을 모시고 배에서 내렸다. 배멀미하는 스승을 알아보지 못한 자신들이 몹시 무안하게 느껴졌다. 그러나 정작 효봉스님은 배멀미를 느낀 기색을 내보이지 않았다. 일행은 부두를 빠져나가고 있었지만 정해둔 곳이 있어서가 아니었다. 누가 먼저랄

것도 없이 그저 길을 따라 걷고 있었다. 부두를 벗어나 바다냄새가 덜한 곳에 이르러서 구산이 넌즈시 여쭈었다.
"스님, 여관방이라도 하나 잡아야지요?"
"여관방은 잡아서 무엇하게?"
효봉스님은 옆을 돌아보지도 않고 태연히 되물었다. 원명이 조금은 의아스런 표정을 지었다.
"아니 그럼, 오늘밤은 부둣가에서 이렇게 서서 지내시게요?"
"미리 깎은 중들이 비싼 여관방엔 왜 들어가겠다는 게야?"
"아니 스님, 그러면 어디서 쉬시게요?"
"어디서 쉬기는……설마 통영이라고 해서 절간 하나 없을라구……."
"아는 절이라도 있으십니까요, 스님?"
효봉스님은 가볍게 웃으면서 핀잔을 주듯 말했다.
"허허, 이런, 답답하기는……아, 머리깎고 먹물옷 걸쳤겠다, 등에는 걸망 하나씩 짊어졌겠다……팔도강산 어디에나 있는 절, 찾아가면 내 절이지, 아는 절 모르는 절이 따로 있다던가?"
두 제자는 더 이상 말이 없었다. 한참을 걷고 있자니, 효봉스님이 턱짓으로 한 곳을 가리켰다.
"가만있자……바다 건너 저 산이 아주 잘 생겼네, 그려."
구산이 맞장구를 쳤다.

"정말 멋있는 산인데요, 스님."
"그래, 산이 저렇게 잘 생겼고 보면 저 산 어디쯤에는 절도 아주 좋은 절이 있을 것이야."
발걸음이 갑자기 빨라지면서 앞서가던 효봉스님이 뒤를 돌아보며 호통치듯이 말했다.
"아, 뭣들하고 있어? 어서 따라오지 않고!"
일행이 찾아간 곳은 용화산 중턱에 자리잡은 용화사(龍華寺)였다. 경내에 들어섰으나 아무도 반겨주는 이가 없었다. 다만 풍경소리만이 무심히 나그네들을 맞고 있었다.
"객승, 문안드리옵니다."
요사체에 이르러 구산과 원명이 번갈아가며 기척을 낸 지 한참만에 스님 한 분이 방에서 나왔다.
"으음, 거 어디서 오신 객승들이신지요?"
구산은 두 손을 모아 정중히 합장을 하고 나서 대답했다.
"예. 저, 가야산 해인사에서 온 객승들이옵니다만……."
"가야산 해인사에서 오셨다구요?"
"예, 방장스님을 모시고 전라도 해남 대흥사로 가는 길입니다만."
원명수좌의 얘기를 듣던 용화사 스님은 옷매무새를 만지며 저으기 놀라는 표정이었다.

"아니 그럼, 바로 저 노장스님이 효봉 큰스님이시라는 말씀입니까?"

"그렇사옵니다. 뱃길이 험해서 좀 쉬어갈까 해서 이렇게……."

"아, 알겠소이다. 바로 저 산등성이만 넘으면 수좌들 계시기에 아주 좋은 곳이 있으니 그리로 모시겠습니다."

"감사합니다, 스님."

구산과 원명은 다시 한번 합장을 하고 나서 뒤를 따랐다. 효봉스님은 아무말 없이 세사들이 하는대로 내버려 두었다.

통영에서 배를 내린 효봉스님 일행은 용화산 동쪽 기슭에 있는 도솔암에 머물게 되었다. 그런데 도솔암에 여장을 푼 지 하루가 지나고, 이틀 사흘이 지나도 효봉스님은 행장을 꾸밀 기미를 보이지 않았다. 구산과 원명 두 제자는 이상한 생각이 들었다.

"언제쯤 여기서 떠날 생각이신지요, 스님?"

구산수좌가 넌즈시 여쭈었다.

"왜, 그새 좀이라도 쑤셔서 못 배기겠는가?"

"아, 아니옵니다. 하오나……."

"애당초 부산을 떠날 적에는 해남으로 가자더니 어찌하여 통영 용화산에 주저앉았느냐?"

"아니 스님, 하오면 스님께서는 이 용화산 도솔암이 마음에 드십니까요?"

원명도 옆에서 구산을 거들었다. 효봉스님은 손짓을 해가며 두 제자에게 말했다.

"머리 깎은 중, 머물면 자기 절이지 마음에 들고 안 들고가 어디 있겠는가마는 나는 이 도솔암이 썩 마음에 드는구만 그래. 앞에는 바다가 펼쳐져 있어서 좋고, 뒤에는 용화산이 병풍처럼 둘러쳐 있어 공부하기에 좋은 곳이야."

"그러시면 스님, 대흥사는 언제쯤 가시려구요?"

"해남땅? 거기야 또 언제든 가고 싶을 때 가도록 하지."

"부산에는 기별을 어떻게 할까요, 스님?"

구산은 부산 금정선원에 남아있는 보성, 법흥수좌가 마음에 걸리는 모양이었다.

"통영에서 배를 내려 이곳 도솔암으로 오라고 그래라. 여기서 공부를 하고 싶다면 말이야."

그리고 나서 효봉스님은 덧붙였다.

"……자네들도 다른 곳으로 떠나고 싶으면 떠나도록 하구……."

구산은 얼른 손을 내저었다.

"아, 아니옵니다. 소승은 여기서 스님을 모시겠습니다."

"원명이 자네는?"

"저, 저도 여기서 그냥 스님을 모시겠습니다요."

이렇게해서 효봉스님은 생각지도 않았던 통영 바닷가 용화산에

자리잡은 도솔암에 머물게 되었다. 통영 도솔암과는 참으로 뜻밖의 인연이었다. 효봉스님이 도솔암에 머물게 되자 한 명, 또 한 명의 눈푸른 젊은 납자(衲子)들이 그의 문하에서 공부하기 위해 모여들었다.

구산, 원명, 보성, 법홍, 일각스님 등 효봉스님의 제자들은 물론이고, 나중에는 월산, 경산, 범용, 경운, 탄허, 성수스님 등 큰 재목감들이 속속 모여들었다. 결국 도솔암은 한국불교계의 거목들을 배출한 요람이라고 힐만했다.

도솔암 식구가 날이 갈수록 늘어날 즈음, 효봉스님은 제자를 불렀다. 구산이 공손히 절을 올리고 스승앞에 앉았다.

"부르셨사옵니까, 스님?"

"그래 내가 불렀네, 식구들이 너무 많아져서 살림살기에 어려움이 많겠지?"

"소승보다는 보성, 원명 두 수좌들 고생이 많사옵니다, 스님."

"그래……많은 식구들 뒷바라지 하느라고 고생들이 많겠구먼, 헌데 말일세 구산……."

"분부내리시지요, 스님."

"난 아무래도 저기 저 용화산 중턱에 토굴 하나 따로 묻어야겠네."

"토굴을 따로 묻으시겠다면 스님 혼자서 계시고 싶단 말씀이시옵니까, 스님?"
"찾아오는 사람들이 많아서 공부할 틈이 있어야 말이지."
"뜻은 알겠습니다만 건강도 생각하셔야지요, 스님."
건강을 걱정해주는 제자의 마음이 갸륵했다.
"살림 살기도 어려운 터에 귀찮은 일을 부탁해서 면목이 없네만……."
"아, 아니옵니다. 스님, 스님께서 몸소 홀로 토굴에 계시며 정진하신다면 저희들 젊은 수좌들에게는 더없는 귀감이 될 것이옵니다."
스승은 비록 제자에게 하는 부탁이었으나 몹시 어려워하고 있었다. 제자 구산도 한편으로는 스승의 건강 걱정이 앞섰으나, 몸소 실천에 옮기고자 하는 스승의 태도에 가슴속으로 뭉클하게 파고드는 무엇이 있었다. 스승은 고개를 끄덕이며 힘주어 말했다. 그것은 자기자신에게 스스로를 내던지는 채찍이었다.
"그렇게 여겨준다니 고맙기 그지없네. 머리깎은 중은 평생토록 공부에 일념해야 하는 법. 그렇지 아니하면 시주물을 축내는 도둑에 불과해! 비록 나이는 많이 들었으나, 그래서 토굴에 들어가려는 게야!"
"명심하겠습니다, 스님. 분부대로 토굴을 마련하겠사오니 그 터를 일러 주십시오……."

　구산스님은 스승의 뜻을 받들어 어려운 살림살이를 무릅쓰고 용화산 산속에 토굴을 새로 묻었다.
　"아아니, 이것이 새로 지은 토굴이란 말이던가?"
　효봉스님은 저으기 놀라고 있었다. 옆에 따르던 구산은 오히려 몸둘 바를 몰라하며 겸손해 했다.
　"워낙 급히 세운 것이어서 스님 마음에 드실지 모르겠사옵니다."
　"허허, 이 사람 구산!"
　"예, 스님."
　"내가 자네에게 부탁한 것은 비바람만 피할 수 있는 토굴이었는데 어쩌자고 이렇게 큰 집을 지으셨단 말인가?"
　"큰집이라니요, 스님. 방 한 칸에 반 칸짜리 부엌, 반 칸짜리 토방 하나뿐인 토굴이옵니다."
　"글쎄……비바람 피할 수 있는 방 한 칸에 아궁이 하나면 족할 것을 무엇하러 토방에 부엌까지 지으셨는가? 내게는 너무 과분한 집이야."
　"아니옵니다, 스님. 땔나무가 비에 젖지 않게 하려고 지붕을 덮었을 뿐이요, 시봉이 거처케 하려고 토방을 막았을 뿐입니다."
　"무엇이라구? 시봉의 거처로 토방을……."
　효봉스님은 또 한번 눈을 크게 떴다. 구산의 생각으로는, 보성수좌나 원명수좌 가운데서 스승의 시중을 들도록 할 작정이었다. 그러나 효봉스님은 혼자 있고 싶어서 토굴을 원했던 것이다. 제자 구산의 뜻은 충분히 이해했으나 효봉스님은 끝내 거절하고 나섰다. 시자(侍者)를 옆에 거느릴 생각도 없었고, 하루 세 끼 공양도 한 끼만 먹으면 충분하다는 설명이었다.

"하루에 한 끼, 공양이나 올려보내주면 그것으로 족할 것이니, 그렇게 아시게!"

효봉스님은 이튿날부터 곧바로 거처를 토굴로 옮겨 참선삼매에 몰입했다. 아궁이에 군불도 당신 스스로 지피며 빨래도 손수 해 입었다. 그러나 늘 스승의 건강을 염려하는 구산도 가만히 있지 않았다. 아침과 점심때 보성, 원명 두 수좌를 번갈아 올려보내 공양을 올리게 하고 땔나무를 마련해 군불을 지펴주도록 했다.

"무라……무라……무라……무라……."

효봉스님은 토굴속에 가부좌를 틀고 앉아 무(無)자 화두를 들고 있었다.

그러던 어느 날이었다. 점심공양을 올리면서 보성스님이 아뢰었다.

"원명수좌가 없어졌사옵니다, 스님."

"원명이가 없어지다니?"

줄곧 무자화두를 들고 있던 효봉스님은 깜짝 놀랐다.

"어저께 장보러 나간 원명수좌가 여태 돌아오지 않고 있습니다요, 스님."

"아니 그래, 원명이가 어디로 장을 보러 갔는데 여태까지 돌아오지 않는단 말이던고?"

"어디긴 어디겠습니까, 통영시장으로 갔습지요."

"통영시장이라면 내려가고 올라오고 너댓 시간이면 족할 것이 아니더냐?"

"그러니까 이상스런 일입니다요. 그전 같으면 해지기 전에는 올라왔거든요."

통영시장으로 장보러 갔던 원명수좌는 이틀이 지나고 사흘이 지나고 닷새가 지나도 소식이 없었다. 효봉스님은 토굴앞 산등성이에 올라서서 멀리 바다를 굽어보며 원명을 걱정하고 있었다. 크고 작은 배들이 부두에 들어오고 나가면서 울리는 뱃고동 소리만 무심히 들려왔다.

"허허……그녀석이 저 연락선이라도 타고 어디 먼 데로 떠나기라도 했단 말인가, 원……."

효봉스님은 한참동안 멍하니 바다만 바라보면서 혼잣말을 했다.

"스님, 그만 들어가시지요."

어느새 구산수좌가 옆에 와 있었다. 스승은 고개를 돌리지도 않고 여전히 바다만 바라보면서 말했다.

"그러나 저러나 원명이한테 변고가 없어야 할텐데……."
"소승이 어리석은 탓으로 방장스님께 심려를 끼쳐드려 죄송스럽습니다, 스님."
"속퇴(俗退)를 했건 다른 절로 옮겨갔건 변고만 없다면야 무슨 상관이겠느냐마는……."
"속가로 갔거나 다른 절로 갔다면 불원간 편지라도 보내 오겠지요."
"여보게 구산!"
효봉스님은 비로소 시선을 옆으로 돌렸다.
"예, 스님."
"원명이가 장보러 간 날 말일세."
"예, 스님. 말씀하시지요."
"돈은 얼마나 가지고 나갔던고?"
"별로 많이 가지고 나가지 않았사옵니다. 밀가루 조금 하고 채소 사올 돈 밖에는 안 줬으니까요."
"그렇다면 이 사람이 노잣돈도 충분치 못했을 텐데 대체 어디로 갔단 말이던고……."
효봉스님은 혼자서 혀를 끌끌 찼다.
"그래서 더욱 걱정입니다. 그 돈 가지고는 부산가는 배삯도 모자랍니다."

또 이틀이 지나갔다. 원명수좌가 행방을 감춘 지 이레째 되는 날 밤이었다.

"스님, 스님, 방장스님……."

밤길을 올라오느라 헐떡였으나 누구의 목소리인지 금세 알아들을 수 있었다. 효봉스님은 급히 방문을 열었다.

"아니, 이게 누구던고?"

"방장스님께 문안드리옵니다."

"아니, 너, 너는……."

그토록 노심초사하며 기다리던 원명수좌의 모습이 방에서 새어나온 불빛에 어른거리고 있었다. 효봉스님은 원명의 어깨를 감싸며 방으로 들어갔다. 극구 사양하는 스승의 만류에도 불구하고 원명은 절 삼배를 올리고 나서 자초지종을 아뢰었다. 그간의 사정은 이런 것이었다.

원명수좌는 통영시장 거리에서 물건을 사려고 기웃거리다가 경찰서에 잡혀가는 신세가 되었다. 죄를 지은 혐의가 있어서가 아니라 군대에 징병하기 위해서였다. 이틀은 경찰서에서 보내고 그 다음부터는 국민학교 교실에 갇혀서 징병검사를 받아야 했다. 징병검사관은 원명이 스님의 신분이라는 것을 믿지 않았다. 사정이 이렇게 되자, 원명은 평소에 즐거이 독송해오던 반야심경을 읊어주었다. 원명이 스님이라는 사실을 확인하자, 이번에는 스님이라고 해서 징병을 면제해 줄 수 없다는 것이었다.
 결국 신체검사를 하게 되었는데, 다행히도 원명수좌는 불합격 판정을 받았던 것이다.
 "아무튼 이제 네가 돌아왔으니 한 가지 근심은 덜게 되었구나."
 "저……스님?"
 "응, 왜?"
 "스님께 칼국수 끓여다 올리겠다고 약조만 해놓고 어겼습니다만 내일은 꼭 칼국수를 끓여 올릴 테니 기다리십시오, 스님."
 "에이끼 녀석! 아, 그까짓 칼국수 내가 언제 해달라고 조르기라도 했단 말이냐?"
 "그래도 한 번 약조한 건 지켜야지요."
 이레 만에 돌아온 원명은 스승과의 음식 약속을 잊지않고 있었다. 무심히 던진 말 한 마디라도 스승에게 보인 언행은 꼭 지켜야 한다는 것이 원명의 마음가짐이었다. 그러한 원명의 속마음을 모르는 바는 아니였으나 효봉스님은 꾸짖듯이 말했다.
 "그런 쓸데없는 약조 지킬 생각일랑 말고 그동안 밀린 공부나 열심히 해, 인석아!"

12
도인을 찾아온 키 작은 학생

효봉스님이 용화산 토굴에 머물고 있던 1952년 가을이었다. 십여명의 수좌들이 가부좌를 틀고 앉아 참선삼매에 빠져있는 도솔암에 한 어린 학생이 찾아들었다. 가을 해가 서산으로 막 기울고 있을 때였다.

"실례합니다, 실례합니다."

인기척을 듣고 방문을 연 것은 보성스님이었다.

"누구를……찾으시는가?"

"아, 예. 이 절에 계시다는 도인스님을 만나뵈러 왔는데요?"

"도인스님이라니? 그렇다면……효봉 노스님을 만나뵙겠다구?"

"예, 그렇습니다."

"우리 노스님은 이 절에 아니 계시다네."

"그럼 어디에 계신지요."
"오던 길을 되돌아 가다가 오른편 산길로 쭈욱 올라가면 토굴이 있는데, 그곳에 계시다네."
"여기서 멀리 가야 하나요?"
"한 오릿길 되지. 그런데 무슨 일로 우리 노스님을 뵙겠다는 것인가?"
"예, 도인스님을 만나뵙고 드릴 말씀이 있어서요."
 학생은 자세한 용건을 말하지는 않았다. 보성스님은 굳이 꼬치꼬치 캐묻고 싶지 않았다.
 작달막한 키에 예쁘장하게 생긴 학생은 곧 보성스님이 일러준대로 산길을 달려 숲속을 헤쳐나가기 시작했다. 그는 산속을 두루 헤맨 끝에 효봉스님이 머물고 있는 토굴을 찾아냈다. 걸음을 멈춘 그는 우선 잠시 심호흡을 했다.
"실례합니다, 실례합니다."
 문 앞에서 인기척을 내자, 방문이 열리며 한 노스님의 모습이 나타났다. 학생의 얼굴은 금새 환해지는 것 같았다.
"무슨 일로, 누구를 찾는고?"
"예, 저……이 절에 계시다는 도인스님을 만나뵈러 왔습니다."
"에이끼, 이녀석!"
 효봉스님은 버럭 소리부터 질렀다.

"예에?"

"이 토굴에는 나 혼자밖에 없거늘, 길을 잘못든 것 같으니 어서 내려가거라."

작달막한 키에 예쁘장하면서도 다부지게 생긴 학생을 바라보면서 효봉스님은 다시 한번 일렀다.

"어둡기 전에 어서 산을 내려가야할 것이니라, 길을 잘못 든 것 같으니……."

"아 아닙니다, 스님. 저는 이 토굴에 계시다는 효봉 도인스님을 만나뵈려고 왔사옵니다."

"뭐라구? 효봉을 만나러 왔다……?"

효봉스님은 새삼 놀라고 있었다. 처음에는 그저 길을 잘못 찾은 학생이거니 했던 것이다.

"넌 대체 어디서 온 아이던고?"

"예, 저는 전라남도 광산군 송정리읍에서 왔습니다."

"전라도 광산, 송정리에서……?"

"예."

"들어오너라."

효봉스님이 이르자 학생은 자기 귀를 의심하는 듯 되물었다.

"예에?"

"이 방으로 들어오란 말이다."

방안에 들어선 학생은 넙죽 엎드려 절부터 하고나서 효봉스님 앞에 무릎을 꿇고 단정히 앉았다.

"중학생이더냐?"

"아, 아니옵니다. 고등학생이옵니다."

"허허, 그래? 고등학생이라고?"

"예."

"몇 학년인고?"

"졸업반이옵니다."

"헌데 무슨 일로 이 멀고도 먼 통영까지 왔는고?"

학생은 수학여행을 온 길이었다. 이순신 장군의 유적을 살펴보기 위해 이곳까지 왔던 것이다. 그러던 중 이순신 장군의 사당을 지키는 노인을 만났는데, 그 노인이 이르기를 용화산 도솔암에 가면 도인스님을 만나뵐 수 있다고 일러 주더라는 것이다.

"허허허……그 어떤 노인이신지 실없는 소리를 하셨구먼. 어린 학생한테 응? 허허허허."

"그 그럼, 바로 노스님께서 효봉 도인스님이신가요?"

"내가 바로 효봉은 효봉이다마는 도인 축에는 들지 못하느니라."

"아이, 아닙니다요. 그 노인께서 말씀하시기로는 스님께서는 도통을 하셔서 무슨 일이든 마음대로 하신다고 들었습니다요."

효봉스님은 다시 한번 너털웃음을 터뜨렸다.
"허허허허, 그래 넌 도인이라고 그러니까 머리는 하얗고 수염도 하얗게 늘어뜨린 산신령처럼 생긴 노인을 생각하고 있었겠구나, 그렇지?"
"……예."
"허지만 이 늙은 중은 네가 보다시피 하얀 머리칼도 없고, 수염도 없고 그저 나이들어 늙은 중일뿐이니 이제 그만 돌아가거라."
"저, 스님?"
"왜 그러는고."
입을 열어놓고 멈칫 하던 학생은 말을 이어갔다.
"……절에서는 대체 어떤 스님을 도인스님이라고 그러시는지요?"
"어떤 스님을 도인이라고 하느냐?"
"예."
"절에 들어와 머리깎고 공부를 많이해서 도를 깨달으면 화낼 일이 없어지고 근심걱정 없어지고, 그렇게 되면 이 세상 모든 일 무엇이든 자기 마음대로 편안하고 즐겁게 지낼 수 있으니, 이러한 경지에 이르신 스님을 도인이라 하는 게다."
차분히 타이르는 듯한 효봉스님의 말투는 자못 신중했다. 학생은 다가설 듯 무릎을 세우며 대뜸 말했다.

"스님, 저도 그 도인되는 공부를 하고 싶습니다!"
 또 한번 호쾌한 웃음이 터지는 순간이었다.
 "허허허허! 도인되는 공부를 하고 싶다구?"
 "예."
 "올해 네 나이가 몇 살이던고?"
 "열 여덟입니다, 스님."
 "학교 마치고 부모님 허락받고 오면 공부하게 해줄 것이니 오늘은 그만 내려가거라."
 "정말 꼭 가르쳐 주셔야 합니다, 스님?"
 효봉스님은 대답을 미루고 다시 물었다.
 "네 이름이 무엇이던고?"
 "성은 박가이옵고, 이름은 완전할 완자, 한 일자, 완일이라 하옵니다."
 학생의 대답은 또렷또렷했다.
 "박(朴)·완(完)·일(一)······거 아주 좋은 이름이로구나, 응? 허허허허······."
 이날 효봉스님을 찾아온 고등학생 박완일(朴完一)은 일단 이렇게 용화산을 내려갔다. 날은 이미 어두워져 있었다. 인사를 하고 급히 산길을 내닫는 학생의 뒷모습을 보면서 효봉스님의 눈에는 일종의 확신의 빛이 흐르고 있었다.

　효봉스님은 나이어린 수좌들에게 자상할 때는 꼭 동네 할아버지 같았다. 그러나 가르침을 내릴 때에는 그 누구를 막론하고 서릿발 같았다. 눈 속이는 공부는 결코 용납하지 않고 칼날 같은 꾸짖음을 내렸다. 효봉스님은 여전히 용화산 토굴속에서 혼자 지내며 가끔씩 도솔암 선방에 내려와 제자들과 모여든 수좌들을 지도했다.

　"공부하는 여러 대중들은 들으라! 이 점을 명심해야할 것이니, 아직 깨달음을 얻지 못한 것은 허물이 아니로되, 깨달음의 근처에도 이르지 못했으면서 스스로 깨달음을 얻었다고 착각하여 기고만장하는 것은 만고에 씻기 어려운 죄업(罪業)을 짓는 것! 이는 마치 남의 재산을 빚으로 얻은 자가 백만장자가 되었노라 큰 소리를 치는 것과 같은 것이니, 이 얼마나 어리석은 노릇인고……!"

　바야흐로 용화산 도솔암에도 효봉스님의 할(喝)이 울려퍼지고 있었다. 해가 바뀌고 동안거(冬安居)가 끝난 어느 봄날이었다. 하루는 도솔암에 내려갔다가 토굴에 올라와 보니, 일 년 전 수학여행 도중에 토굴에 들렀던 학생이 찾아와 있었다. 박완일이었다. 효봉스님은 인사를 받고 나서 다시 찾아온 학생의 얼굴을 이윽이 바라보았다.

　"왜 여기를 다시 왔느냐?"

"도인되는 공부를 가르쳐 주신다고 약속하지 않으셨습니까?"
"그래서 다시 찾아왔단 말이냐?"
"그렇습니다."
"그러면 학교는 모두 마쳤구?"
"예."
"부모님 허락은 받고 왔느냐?"
"그건, 저……."
 군더더기 없는 짤막한 질문과 대답 끝에 마침내 학생의 입이 머뭇거렸다.
"허락을 받지않고 왔거든 돌아가거라!"
 효봉스님은 단호하게 잘라 말했지만, 이제 고등학교를 갓 졸업한 박완일은 꼼짝도 않고 자리를 지키고 있었다.
"부모님 모르게 집을 나왔으렷다?"
"……예."
"부모님께는 왜 말씀드리지 아니했는고?"
"지난번 스님을 뵙고 집에 돌아갔을 때, 그때 부모님께 말씀을 드렸습니다."
"그랬더니 허락하시더냐?"
"절대 안 된다고 펄펄 뛰셨습니다. 그뿐만 아니라 그후로는 밖에도 잘 나가지 못하게 하시고, 제가 정말 떠나기라도 할까봐 용돈도

제대로 주지 않으셨습니다."
 "그런데 이번에는 어떻게 집에서 빠져나왔단 말이던고?"
 "부모님 주무시는 새벽에 담을 넘었습니다."
 "새벽에 담을 넘어 도망쳐 나왔다구?"
 "예."
 순간, 효봉스님은 두 눈을 지그시 감았다. 담을 넘어 출가하는 것은 어쩌면 구도자들의 공통점인지도 모르겠다는 생각이 스쳐 지나갔다. 부처님도 새벽녘에 황궁의 성벽을 넘었고, 효봉스님 자신도 아내와 자식들이 모두 잠든 꼭두새벽에 담을 넘어 출가했던 것이다.
 효봉스님은 나즈막한 목소리로 말했다.
 "……알았느니라, 기왕에 여기 왔으니 며칠 쉬면서 다시 한번 잘 생각해 보아라."
 "감사합니다. 감사합니다, 큰스님."
 박완일은 마치 출가를 허락이라도 받은 것처럼 기뻐하며 절을 올렸다. 박완일이 토굴에 머문 지 며칠째 되는 날이었다. 토굴에 올라온 원명이 여쭈었다.
 "스님, 여기 놔둔 지게 어디다 치우셨습니까요?"
 "지게야 너희들이 나무하러 지고 다니지 않았느냐?"
 함께 올라온 구산스님도 원명과 함께 지게를 찾았으나 도무지 보이지 않았다. 토굴을 몇 바퀴 둘러보았으나, 어제까지만해도 제자리에 있던 지게가 없어진 것이다.
 "다시 한번 잘 찾아보아라. 설마한들 이 토굴에서 누가 지게를 훔쳐 갔겠느냐……?"
 효봉스님이 두 제자를 둘러보며 태연히 말하고 있었다. 그런데 바로 그때였다. 나무그늘 밑에서 쉬고 있는 줄만 알았던 젊은 박완일이 지게에다 땔나무를 한 짐 잔뜩 짊어지고, 기우뚱거리며 뜰안으로 들어섰다.
 "놀기가 심심해서 나무 한 짐 해왔습니다요, 스님."
 모두가 놀랄 수밖에 없었다. 또 다음날 이른 새벽이었다. 잠에서 깨어난 효봉스님은 부엌에서 불지피는 소리를 듣고 문을 열었다. 아직은 어두워서 얼굴을 알아볼 수 없었다.
 "아니, 거 아궁이에 불 지피는 수좌가 누구던고?"
 "예 접니다요, 스님."
 불을 지피다 말고 얼굴을 내민 것은 바로 박완일이었다.
 "허허, 너는 어찌하여 시키지도 않은 일을 하는고?"
 "원 참 스님께서두……시키는대로만 하는 거야 소나 말이나 그러는 거지요."
 "무엇이라구? 소나 말이나?"
 잠에서 덜 깬 효봉스님은 정신이 번쩍 들었다.

"불이 아주 잘 드는 걸 보니 구들장을 아주 잘 놓은 것 같습니다요, 스님."

박완일은 겸연쩍은 표정을 지으며 말머리를 돌리려 했다.

"너 조금 전에 무엇이라고 했는고? 시키는대로 하는 거야 소나 말이 그렇다구……?"

"그렇지 않습니까요, 스님? 사람이야, 해야할 일은 시키기 전에 알아서 해야 한다고 배웠는데요."

"해야할 일은 시키기 전에 알아서 해야한다?"

"예, 하온데 왜 그러시옵니까 스님?"

두 눈을 동그랗게 뜨고 질문을 던지는 젊은이에게서 시선을 먼저 거둔 것은 효봉스님이었다.

"아, 아니다. 거 너무 많이 불을 지피면 방바닥이 뜨거울 것이니라."

효봉스님은 뒷짐을 진 채 부엌에서 멀어져 갔다. 뒷모습을 바라보며 박완일은 응답을 잊지 않았다.

"예, 스님. 적당히 지피고 끄겠습니다요."

그런데 그날 오후였다. 가만히 지켜보고 있자니까, 박완일이라는 젊은이는 마당을 걸으면서 한 쪽 발을 조금씩 절뚝이는 것 같았다.

"너 이리 좀 오너라."

효봉스님이 손짓을 하며 불렀다.

"예, 스님."
"더 좀 가까이 와 봐!"
"예."
"너 왜 다리를 절름거리느냐?"
박완일은 가까이 다가오면서 절름거리는 발을 억지로 세우면서 대답했다.
"아, 아니옵니다, 스님."
"아니긴 인석아! 너 다리가 어디 불편하기라도 한 게야?"
"아, 아닙니다. 스님, 아무렇지도 않습니다."
"허허, 너 왜 나를 속이려 드는고? 어서 바지가랭이를 걷어 올려 봐!"
"아, 아무렇지도 않습니다, 스님."
박완일은 극구 부인하고 있었다.
"어서 걷어 올려 보래두 그러는구나. 어서……."
"예……."
하는 수 없이 박완일은 효봉스님이 시키는대로 했다. 한 쪽 바지가랭이를 올리고 보니, 역시 왼쪽 무릎이 핏자국과 함께 시퍼런 멍이 퍼져있었다.
"아니 너, 무릎을 어디서 이렇게 상했느냐?"
"……괜찮습니다요, 스님."

"괜찮긴 인석아! 언제 이렇게 다쳤어, 응?"
꾸짖듯이 언성을 높이자 그때서야 박완일은 슬며시 입을 열었다.
"……예, 저……어제 산에서 나뭇짐을 짊어지고 내려오다가 그만……."
"허허, 이런 녀석을 봤나……너 이 녀석 바른대로 대답해야 할 것이야."
"예, 스님."
"너 집에서 지게도 안 져봤지?"
"……예."
"농사일도 해본 일 없이 부잣집 아들로 컸구먼?"
"……."
"지게질도 제대로 할 줄 모르는 녀석이 나무는 왜 하러갔어?"
"……."

박완일은 묵묵부답, 고개를 숙인 채 가만히 서 있었다. 부유한 집안에서 자라난 박완일로서는 지게질을 해본 적이 없었다. 바로 어제 땔감을 한 짐 지고 내려오다가 산에서 고꾸라졌던 것이다. 효봉스님은 아무말 없이 서 있는 박완일에게 다시 말했다.
"중노릇 하기가 쉬운 줄 아느냐?"
효봉스님의 목소리에는 다분히 애처로운 마음이 스며 있었다. 박완일은 고개를 들었다.

"……아, 아닙니다."
"나무하고 불지피고 설겆이 하고 청소하고 빨래하고……어디 그뿐이겠느냐, 토굴속에 들어 앉으면 하루에 한 끼로 견뎌야 하고, 제대로 공부를 하자면 허구헌 날 눕지도 못하고 앉아서만 참선을 해야 하느니라……."
"……."
"그래도 머리깎고 중이 되고 싶으냐?"
"예."
박완일은 기다렸다는 듯이 대답했다. 두 눈이 반짝이고 있었다.
"그래도 중이 되고 싶다구?"
"예."
"정녕, 그래도 중이 되고 싶다구?"
"예."
"한 번 중이 되면 벼슬도 못하고 출세도 못하고 부자도 못된다. 그래도 머리를 깎고 싶으냐?"
"예."
젊은 박완일의 대답은 오로지 한 가지였다. 효봉스님은 눈을 돌려 도솔암 토굴에서 바라보이는 통영 앞바다를 내려다보면서 잠시 생각에 잠기는 듯했다. 돛단배 서너 척이 바람에 실려 떠다니고 있었다.

　다음날이었다. 마침내 효봉스님은 가위와 삭도를 가져오도록 일렀다. 분부를 받은 것은 보성수좌였다.
　"스님, 삭도와 가위 가져왔사옵니다."
　"그래, 수고했느니라."
　"하온데 스님, 정말로 머리를 깎아 주실 작정이옵니까?"
　옆에 있던 구산이 미심쩍은 표정을 지으며 스승에게 물었다.
　"저 아이는 한 치 한 푼도 물러남이 없으니 낸들 어찌하겠는가, 깎아주어야지……."
　"하오면 스님, 세숫대야에 물을 준비해 올릴까요?"
　"그래, 그렇게 해라."
　보성수좌는 박완일의 삭발의식에 더 신경을 쓰고 있었으나, 구산스님은 여전히 마음이 놓이지 않았다.
　"하오나 스님, 하루 이틀 말미를 더 두고보심이 어떠실지요?"
　"하루 이틀이 아니라 한 달 두 달 말미를 준다고 해도 저 아이 결심은 흔들리지 않을 것이니, 차라리 빨리 깎아주는 게 좋을 것이야."
　젊은 박완일의 뜻이 그렇거니와, 효봉스님의 마음도 이미 결정을 내린 상태였다. 효봉스님은 삭발준비를 확인하고 나서 박완일을 불러앉혔다.
　"스님, 준비가 되었습니다."

원명수좌가 아뢰었다.
"그래? 그런데 이제 이 아이의 머리를 깎아주기 전에 미리 일러 둘 것이 있느니라."
"예, 스님. 분부하십시오."
원명이 고개를 숙이며 분부를 기다렸으나, 효봉스님은 눈길을 옆으로 돌렸다.
"완일아."
"예, 스님."
"너는 이제 머리를 깎아 내 상좌로 삼을 것이니, 그렇게 알고 있어야 할 것이야."
"예, 스님."
젊은 박완일은 그저 기쁜 마음으로 대답했지만, 그러나 이것은 큰 이변이었다. 그동안 원명수좌나 보성수좌는 구산스님의 상좌(上座)로 삭발출가했는데 뒤늦게 찾아온 나이 어린 박완일을 큰스님 당신의 상좌로 삼겠다는 것이었으니, 이렇게 되면 박완일은 구산스님의 아우가 되는 셈이었다. 원명과 보성수좌에게는 세속의 촌수(寸數)로 따지면 숙부(叔父)가 되는 것이요, 불가(佛家)에서는 사숙(師叔)이 되는 셈이었다.
"원명아."
"예, 스님."

"이 아이, 완일이 머리는 원명이 네가 깎아 주어라."

"예, 스님."

원명수좌는 효봉스님의 분부대로 박완일의 긴 머리털을 가위로 자르고 한 올 한 올 삭도로 밀어나갔다. 삭발이 끝나자 효봉스님은 박완일에게 사미십계(沙彌十戒)를 설하고 법명(法名)을 지어 내렸다.

"이제 박완일이라는 이름을 버리고 한 일(一)자, 볼 관(觀)자, 일관(一觀)이라 할 것이니, 부처님 제자로서 한 점 부끄럼이 없도록 열심히 수행정진을 해야할 것이니라."

"예, 스님. 명심하겠습니다."

일년 전 수학여행길에 들렀던 도솔암의 작은 토굴에서 박완일(朴完一)은 마침내 출가의 뜻을 이루게 되었다. 효봉스님의 상좌로서 '도인'되는 공부를 하게 되었던 것이다. 이제 그는 속세의 이름 대신 일관(一觀)이라는 법명으로 다시 태어난 것이다.

효봉스님은 새롭게 얻은 제자 일관사미와 함께 도솔암의 작은 토굴에서 다시금 무자화두를 들고 참선삼매경에 빠져들었다.

13
세상만사 모든 일은 인과응보이니

 이제 갓 고등학교를 졸업하고 도솔암에 찾아온 박완일에게 일관(一觀)이라는 법명을 내리고 직접 상좌로 삼았으니, 효봉스님은 일관사미에게 얼마나 큰 기대를 걸고 있었는지 짐작이 가는 일이었다.
 이곳 용화산 기슭에 새로이 토굴을 묻은 이래, 효봉스님은 번거롭다 하여 시봉조차 마다하고 절 살림을 마련하지 않은 채 줄곧 홀로 지내오던 터였다. 그런데 일관사미를 제자로 맞고부터는 마음이 조금씩 변해가기 시작했다.
 "스님, 부르셨사옵니까? 구산이옵니다."
 "그래 내가 불렀네, 어서 들어오시게."
 구산은 방에 들어와 삼배(三拜)를 올린 뒤 스승 앞에 앉았다.

"분부 내리시지요, 스님."
"그래, 뭐 분부라고 할 것까지는 없고…… 그동안 도솔암 살림도 어려운 터에 이 토굴까지 공양을 올려보내느라 원주스님이 고생이 많으셨네."
"원 참 스님, 이 구산이한테 왜 자꾸 스님이라 부르십니까? 다른 수좌들 보기가 민망스럽사오니 제발 그냥, 구산이라 불러주십시오, 스님."
"허허…… 거 무슨 소리, 내 이미 그대가 도인임을 아는 터, 스님이라고 부른들 그게 무슨 허물이란 말이신가?"
구산(九山)이 비록 제자였으나, 효봉스님은 그를 부를 때 으레 스님이라 불렀고 낮춤말 대신에 '하게'를 쓰는 때가 많았다.
"아, 아니옵니다, 스님. 스님께서 그렇게 말씀하시면 이 구산은 몸둘 바를 모르겠습니다."
"쓸데없는 걱정 마시고 내 청이나 들어주시게."
"예, 스님, 분부내리십시오."
"내 이제 일관이를 시봉들게 하고 이 토굴 살림을 맡길 터이니 그리 아시고 양식이랑 좀 나누어 보내주시게."
"아니 스님, 하오시면 공양도 여기서 지어 드시겠단 말씀이옵니까?"
"그렇다네. 기왕에 중을 만들었으니 공양 짓는 것부터 가르쳐야

할 것이 아니겠는가?"
"예, 스님, 잘 알겠습니다."
해인사 가야총림에서 원주(院主)를 맡았던 구산스님은 이곳 도솔암에서도 원주의 소임을 맡아 살림을 꾸려나가고 있었다. 스승의 분부를 받자마자 제자는 곧 토굴 살림을 장만했다.
일관사미는 스승께 세 번 절하고 나서 무릎을 꿇고 단정히 앉았다.
"일관아!"
"예, 스님."
"오늘부터는 땔나무 해오는 것도 네 소임이니라."
"예, 스님."
"밥짓고 반찬 만들고 설겆이 하는 것도 네 소임이야."
"하, 하오나 스님……."
"왜, 그동안 밥도 한 번 지어보지 못했다 그런 말이더냐?"
"예, 밥은 한 번도 해본 일이 없사옵니다, 스님."
"그러면 이 늙은 중더러 일관이 네 밥을 지어 바치라 그런 말이더냐?"
"아, 아니옵니다, 스님."
"그러면 대체 어찌해야 할 일인고? 이 토굴에는 너하고 나, 둘 뿐이거늘."

"예…… 제가 한번 해보겠습니다."
"죽 잘 끓이고, 밥 잘짓고, 불을 제대로 잘 지펴야 중노릇을 제대로 할 수 있는 것이니라."
"예, 스님, 명심하겠습니다."
동네에서 소문난 부잣집은 아니었지만 일관사미의 속가(俗家)는 패나 전답이 많은 집안이었다. 어린 나이에 귀염둥이로 자라면서 책가방이나 들고 학교에 다니다가 삭발출가하여 효봉스님의 시봉을 맡게 되었으니, 생전 처음 끓여보는 죽이 제대로 될 리가 없었다.
보리쌀을 씻어 앉치고 물을 부어 열심히 아궁이에다 불을 지피고 있던 일관사미는 솥안에서 타는 냄새가 진동을 해서야 소스라치게 놀라 솥뚜껑을 열었다. 어느새 효봉스님이 뒤에 서 있었다.
"허허, 일관아. 공양간에서 무엇을 태우고 있는고?"
"아, 아니옵니다, 스님."
일관사미는 매운 연기에 흐르는 눈물을 훔치며 더듬거렸다.
"아니긴 이 녀석아! 타는 냄새가 토굴 안에 진동을 하는데도 아니야? 허허, 이런 녀석…… 아, 인석아 아궁이에 불부터 꺼내서 끄지않고 뭘하고 있어?"
그때서야 일관사미는 부지깽이로 아궁이를 헤집기 시작했다. 효봉스님은 혀를 차면서 말했다.

"쯧쯧쯧…… 아침에는 죽을 끓이랬더니 보리쌀을 아주 볶다못해 태웠구나, 그래 응?"

"죄송합니다, 스님."

일관사미는 고개를 들지 못하고 있었다. 꺼지는 불씨에서 피어오르는 연기가 더욱 매웠다.

"아, 이 녀석아. 죄송하다면 그만이냐? 대체 이 숯검댕이를 어찌할텐고?"

"예, 저…… 퍼내고 다시 끓이겠습니다, 스님."

"퍼내고 다시 끓이겠다?"

"예, 스님."

"안 될 소리!"

효봉스님은 힘주어 단호하게 말했다.

"예에?"

"시주 들어온 보리쌀 한 톨이라도 가벼이 여기면 큰 죄를 짓는 것! 다시 물을 듬뿍 붓고 푹 끓여서 기어이 다 먹어야 할 것이야."

"하오나, 스님……."

"허허, 이 귀한 곡식을 숯검댕이로 만들어 놓고도 참회하지 못하느냐? 어서 물을 붓고 다시 끓이지 못할까?"

"예, 스님. 분부대로 하겠습니다."

일관사미는 서둘러 물동이 쪽으로 몸을 돌렸다. 결국 숯검댕이가 되다시피한 보리쌀을 죽으로 쑤어 먹어야만 했다. 효봉스님은 쓰디 쓴 죽을 먹으면서 쓰거니 달거니 말이 없었지만 일관사미로서는 세 상에 태어나 처음 맛보는 보리죽이었다. 또 한번은 밥을 짓는다는 게 물을 어찌나 많이 부었는지 죽이 되고 말았다.

"허허, 너는 어찌 하는 일이 이 모양이냐? 죽을 쑤라고 하면 숯 검댕이를 만들어놓고 밥을 지으라고 하면 죽을 쑤어놓고……."

"죄송하옵니다, 스님. 다시는 이런 잘못 저지르지 않겠사오니 한 번만 용서하여 주십시오, 스님."

"다시는 이런 잘못 저지르지 않겠다구?"

"예, 스님."

"말만 그래가지고는 아무 소용이 없는 법! 잘못을 저질렀으면 어찌하여 잘못을 저지르게 되었는지 그 까닭을 알아내 그 근본 원 인을 확실히 밝혀야 두 번 다시 그런 잘못을 저지르지 않느니라."

"예, 스님."

"죽을 쑤려다가 태운 까닭은 어디에 있었더냐?"

"예, 물을 적게 붓고 불을 너무 많이 지폈기 때문이옵니다."

"그러면 밥을 지으려다가 죽을 쑤게 된 까닭은 어디에 있었더 냐?"

"예, 그건 물을 너무 많이 부은 까닭이옵니다."

"바로 알았느니라. 세상만사 모든 일은 인과응보이니 반드시 원

인이 있고 결과가 있는 법. 죽을 쑤려고 했는데 숯검댕이가 되었다고 해서 쌀을 원망할 일이 아니요, 물을 원망할 일이 아니요, 솥을 원망하거나 불을 탓할 일이 아니거늘, 잘못된 근본원인을 바로 보아야 하느니라."

"명심하겠습니다, 스님."

효봉스님은 국민학교 일학년을 가르치는 심정으로 토굴의 살림살이부터 차근차근 일러주었다. 그후부터 일관사미는 일심전력(一心全力), 정성껏 살림을 꾸려 나갔다. 쌀을 씻거나 물을 부을 때, 그리고 아궁이에 불을 지피면서도 쉬지않고 염불을 외웠다. 토굴에 올라왔다가 이러한 일관사미의 모습을 본 다른 수좌들은 자기들끼리 킥킥거리며 웃어대기도 했다.

"하하, 나원 참, 쌀 씻으며 염불하는 사미를 또 보겠네. 응? 하하하하……."

"아궁이에 불지피면서 염불하는 것은 또 어떻구? 응, 하하하하 ……."

토굴에 올라온 두 수좌가 주고받는 말이 효봉스님 귀에 들어왔다.

"허허, 네 이 녀석들!"

"아이구, 조실스님."

두 수좌들은 손으로 입을 감싸며 어찌할 바를 모르고 있었다.

"너희들은 대체 누구 흉을 보아가며 그리 웃어댔는고?"
"아, 아니옵니다. 조실스님……."
"아니긴 무엇이 아니란 말이더냐? 내가 다 들었느니라."
 수좌들은 더 이상 감출 수 없었다. 그중 한 수좌가 머뭇거리며 입을 열었다.
"……예, 저, 일관사미가 쌀을 씻으면서 염불하고 불을 지피면서도 염불하고 그러길래…… 그래서 웃었습니다요, 스님."
 발로 땅을 한 번 치며 효봉스님의 호통이 떨어졌다.
"너 이 녀석들! 쌀씻는 것이 수행이요, 불지피는 것도 수행이요, 하물며 걷는 것도 수행이거늘 어찌자고 남의 수행을 비방하고 웃는다는 말이던고?"
"자, 잘못되었습니다, 조실스님."
"선방에 들어 앉아서 가부좌만 틀고 앉아 있는 것만 수행이 아니라고 누차 일렀거늘 어찌 이렇게들 경거망동 하는고!"
"참으로 잘못되었습니다. 용서하여 주십시오, 조실스님."
 효봉스님의 호통에 두 수좌는 어찌할 바를 모르고 깊이 머리를 조아릴 뿐이었다.
 일관사미가 절 살림을 맡아 꾸려가면서 효봉스님을 시봉한 지 어느덧 석 달이 되어갈 무렵이었다.
"스님, 찻물 달여왔사옵니다."

"그래, 어서 들어오너라."
"예, 스님."
일관사미가 절집안 예법에 어긋남이 없이 절을 올리고 무릎꿇고 앉으니, 효봉스님은 대견스러운 듯 빙긋이 웃었다. 그리고 나서 천천히 입을 열었다.
"이제 그만 우러났을 것이니 어디 한 번 따뤄보아라."
"예, 스님."
일관사미는 두 손으로 받쳐들고 찻잔에 차를 따랐다.
"어어, 그만 되었느니라."
"제대로 달여졌는지 어디 한 번 스님께서 드셔 보십시오."
"그래……."
효봉스님은 찻잔을 입술에 대고 몇 번 혀를 굴리고 나서 말했다.
"으음, 찻물을 아주 알맞게 잘 달여왔구나."
"정말이시옵니까요, 스님?"
일관사미는 우선 기뻤다. 좀처럼 칭찬을 해주시지 않는 효봉스님이기 때문이었다. 효봉스님은 오랜만에 너털웃음을 터뜨리며 유쾌해 했다.
"그래…… 일관이 너도 이제는 영락없이 중물이 들어가는구나, 응? 허허허허……."
"아니옵니다, 스님. 과찬이시옵니다."

일관사미가 고개를 숙이며 어려워하자, 효봉스님은 말머리를 돌렸다.
"그래, 그동안 내가 준 책은 열심히 보았느냐?"
"예, 초발심자경문(初發心自警文)은 다 보았구요, 치문(緇門)은 아직 못봤습니다, 스님."
"그래…… 그 치문에 들어가기 전에 초발심자경문을 두 번 세 번 자세히 보아 두어야 할 것이야."
"예, 스님. 명심하겠사옵니다. ……하온데, 스님?"
"왜?"
"도솔암 수좌님들한테 들었습니다만, 스님께서는 왜 그렇게 별명이 많으시옵니까요?"
"별명이……?"
"예, 어떤 수좌님은 스님을 엿장수 스님이라고 그러구요, 어떤 수좌는 절구통 스님이라고 그러구요, 또 어떤 스님은 판사 스님이라고 그러던데요."
"허허, 저런 망할 녀석들. 하라는 공부는 않고 이 늙은 중 별명은 주워 세어서 어디다 쓰겠다는 게야……."
일관사미가 주워담은 소문은 맞는 것이었다. 효봉스님이 판사생활을 그만두고 서른 여덟의 늦은 나이에 금강산 신계사(神溪寺)를 찾았을 때, 그는 어깨에 엿판을 메고 해진 밀집모자를 쓴 엿장수였

다. 그후 그는 절구통처럼 꼼짝않고 참선수행을 했고, 판사라는 과거의 신분을 감추고 있었지만 옛 동료였던 일본인 판사에 의해 효봉스님의 화려했던 경력이 알려지게 된 것이다.

일관사미는 잠시 사이를 두었다가 다시 여쭈었다.

"스님께서는 정말로 판사를 지내셨습니까요?"

"……그래, 옛날에 아주 옛날에 잠깐 지냈었느니라."

"잠깐 하셨다면, 몇 년이나 하셨는데요, 스님?"

"……그러니까, 한 십 년 그 노릇을 했던가……."

"어휴, 십 년씩이나 판사를 지내셨다구요? 그런데 왜 그 판사생활을 그만두시고 출가를 하셨습니까요?"

"그런 걸 알아서 무엇에 쓸려구?"

"아이 그래두요, 스님. 왜 판사를 그만 두셨습니까요, 예?"

"판사고 재판이고 그런 게 다 귀찮고 번거로워 그만 뒀지, 달리 무슨 까닭이 있겠느냐……."

일관사미의 질문에 마지못해 대답은 하고 있었지만 효봉스님의 목소리는 자꾸 흐려져 갔다. 그럼에도 불구하고 일관사미의 궁금증은 계속됐다.

"그럼, 스님께서는 언제 어디서 출가하셨습니까요?"

"허허, 이 녀석이 호구조사를 나왔나, 그런 걸 왜 묻고 그래?"

"궁금한 점이 많아서 그렇습니다요, 스님."

일관사미는 궁금한 점이 많았다. 다른 사람이 아닌 바로 자신의 스승이기 때문에 더욱 그랬다. 그러나 스승은 더 이상 대답을 피하고 말머리를 돌렸다.
"참, 너, 일관아."
"예, 스님."
"너, 급히 도솔암에 내려가서 원주를 내가 보자고 하더라고 일러라."
"원주스님 말씀인가요?"
정확한 뜻을 알고 싶어서 여쭈었으나 효봉스님은 이내 손을 내저으며 자리에서 일어났다.
"아, 아니다. 내가 가서 만날 것이니 너는 여기서 공부나 하고 있거라."
그 길로 효봉스님은 도솔암으로 내려가서 원주(院主)인 구산스님을 만났다.
"내 오늘은 특청이 하나 있어서 내려왔네."
"특청이라니요, 스님? 어서 말씀해 주시지요."
"내 오늘 일관이가 묻는 말에 대답을 해주다가 번쩍 생각이 나서 내려왔는데……."
제자인 구산은 몹시 궁금했다. 스승이 몸소 도솔암까지 내려와 특청이 있다는 것이었으니, 스승에 대한 효성이 지극한 구산으로서

는 그 내용을 조금이라도 빨리 알고 싶었다.
"무슨 말씀이신지요, 스님?"
"내 은사 스님이신 석자, 두자, 노스님 말씀이네."
"석자, 두자 노스님이요?"
"그래, 금강산에 계시다가 전라북도 순창 순평암에 묻혀 지내신 다기에 내가 찾아뵙고 송광사로 모셔다가 청운당에서 지내시게 해 드렸지……."
"예, 스님. 그 일은 이 구산이도 잘 알고 있사옵니다."
"그 노장스님, 이제 사시면 얼마나 더 사시겠는가…… 내 그래서 말씀인데……."
효봉스님은 말을 꺼내기가 여간 곤란한 모양이었다. 눈치를 챈 구산은 보채기라도 하듯이 말했다.
"분부하실 일 있으시면 말씀하십시오, 스님."
제자의 말에 스승은 무겁게 입을 열었다.
"그 노장스님, 이 용화산으로 모셨으면 하는데 자네 생각은 어떠하신가?"
"……그야 스님, 이 구산은 스님의 뜻을 받들겠사옵니다."
구산은 두말없이 스승의 청을 받아들였다. 구산으로서는 자신의 뜻을 묻는 스승의 마음이 고마웠고, 미처 스승의 마음을 헤아리지 못한 데 대한 자책감이 스치고 지나갔다.

"정녕 그렇게 해주시겠는가?"
"예, 스님께서 분부를 내리시면 제가 직접 송광사에 가서 모시고 오겠습니다, 스님."
"……고마우이, 정말 고마우이……."
효봉스님은 제자의 얼굴을 이윽이 쳐다보다가 고개를 허공에 묻은 채 한참동안이나 그대로 앉아 있었다. 지나간 일들이 잠깐 떠오르는 모양이었다. 구산은 그러한 스승의 마음을 읽기라도 했는지 침묵을 지키며 기다리다가 다시 말문을 열었다.
"아니옵니다, 스님. 스님께서 은사스님께 효성을 다하심은 저희 수좌들에게도 귀감이 되실 것이오니 내일 당장 제가 모시고 오도록 하겠습니다."
"고마우이, 고마우이, 정말 고마우이……."
효봉스님은 제자 구산으로 하여금 송광사 부도전에 머물고 있던 은사 석두 노스님을 용화산 도솔암으로 모셔오게 했다. 효봉스님은 스승에 대한 정성이 남달랐으니 구산스님 또한 스승의 뜻을 받드는 데 소홀함이 없었다.
"스님, 불효제자 효봉이 문안드리옵니다."
고령에 이른 석두스님은 도솔암에서, 먼 옛날 금강산 신계사 뜰 안에 엿판을 메고 찾아든 엿장수 수좌의 문안인사를 받고 있었다.

14
불성있는 것 가운데 사람만이 지닌 효심

이제 효봉스님은 사흘 밤 사흘 낮 동안 무논에서 바늘을 찾아내 깊은 밤중에 방문을 열어젖힌 봉두난발의 엿장수가 아니었다. 뼈를 깎는 듯한 수행끝에 그는 이미 가야총림의 방장(方丈)이었고 어엿한 노장(老丈)스님이었다. 비록 삭발을 시키고 선방에 들도록 허락한 장본인이기는 했으나, 석두스님은 효봉을 자신의 제자이기 이전에 훌륭한 선사(禪師)로서 그를 마주하고 싶었다.

"여, 여보시게. 제발 그만두시게. 보잘 것 없는 이 늙은 것이 감히 어찌 그대의 절을 받을 수 있다는 말이신가?"

"아, 아니옵니다. 이 어리석은 중생 그동안 스님께 불효막심했사옵니다. 용서하십시오."

"무슨 당치않는 말씀이신가. 이제는 아무 쓸모없는 이 늙은이가 감히 어찌 그대를 내 제자라고 말할 수 있겠는가…….”

"아니옵니다, 스님. 스님께서는 떠돌이 엿장수를 마다 않으시고 길을 열어 주셨사옵니다. 그때 베풀어주신 그 막중한 은혜를 어찌 잊을 수 있겠사옵니까? 바라옵건대, 그동안 지은 막급한 불효 만분의 일이라도 씻고자 하오니 부디 편안히 지내시옵소서."

"내 이제 그대 앞에 부끄러운 일이 한두 가지가 아니니, 차마 고개를 들 수가 없네……."

"아니옵니다, 스님. 아니옵니다……."

옛 제자 앞에서도 스스로를 낮추고 있는 석두 노스님을 뵙고 효봉스님은 그만 목이 메었다. 금방이라도 눈물이 콸콸 쏟아질 것 같았다.

이날 도솔암에 있던 모든 대중들은 뜨거운 감동으로 눈시울을 적셨다. 이미 늙어버린 스승을 뵙고 효봉스님은 무상을 절감하며 목이 메었고, 구산스님 또한 스님의 효심에 감복하여 눈시울을 붉혔다.

"내가 직접 노스님 시봉을 들어야 마땅한 일이거늘, 구산 그대에게는 면목이 없으이……."

"아, 아니옵니다, 스님. 저 보다는 보성, 원명 두 수좌가 정성을 다해 모시고 있사오니 스님께서는 조금도 염려하지 마십시오."

효봉스님은 원명과 보성, 두 수좌에게 눈길을 돌렸다.

"내 너희들에게는 미안하기 짝이 없느니라."

원명수좌가 머리를 조아렸다.

"아니옵니다, 조실스님. 조실스님의 은사이신 노스님을 모시게 돼서 기쁘기 한량없사옵니다."

"정녕 그렇게 생각해 준다면 고맙기 그지없는 일. 그러나 집안에 어른들이 많으면 아랫사람들은 지내기가 고달픈 법. ……세속에서도 그러할진대 너희들은 증조부까지 모시는 셈이니 어찌 어려움이 한두 가지겠느냐?"

이번에는 보성수좌가 머리를 조아리며 아뢰었다.

"조실스님께서 은사스님을 효성으로 모시는 걸 뵙고 그동안 저희들이 잘못한 죄 참회하고 있사옵니다."

"노스님은 금강산 호랑이도 알아본 도인스님이셨느니라."

"예, 스님. 명심하겠사옵니다."

"그래, 아침 죽 공양은 잘 드시던가?"

"예, 많이 드시지는 않사옵니다만 아주 맛있게 드셨사옵니다."

"스님께서는 추운 것은 잘 참으시지만 더운 것은 싫어하시니 이 점 각별히 유념해야할 것이야."

"예, 스님. 명심하겠습니다."

보성과 원명, 두 수좌가 동시에 대답했다.

그로부터 몇 달이 지난 어느 날이었다. 도솔암에 내려갔다 올라온 일관사미가 효봉스님께 여쭈었다.
 "저……스님."
 "왜 그러느냐?"
 "도솔암에 있는 수좌님들 사이에서 이상한 소리가 들립니다요, 스님."
 "이상한 소리라니?"
 "……이런 말씀 드려도 괜찮을지 모르겠습니다만……."
 일관사미는 난처한 표정을 지으며 말꼬리를 흐리고 있었다.
 "기왕에 운을 뗐으니 말을 하지 않으면 네 입이 근질거릴 것이요, 나 또한 듣지 않으면 궁금할 것이니라."
 효봉스님이 타이르듯 말했다. 그때서야 일관사미는 말을 이어갔다.
 "스님의 은사이신 노스님 말씀입니다요, 스님."
 "노스님?"
 "예……그 노스님에게 아드님이 한 분 계신다던가, 그러던데요."
 "저런 천하에 못된 녀석들을 보았는가? 아니 그래, 참선공부 하라고 거두어 주었더니 하라는 공부는 않고 노스님 허물만 캐고 있더란 말이더냐?"
 "아, 아니옵니다요. 그냥 그런 소리들이 들리더라는 말씀이지요

······."

 일관사미는 괜히 입을 열었다는 생각이 들었다. 효봉스님의 목소리는 더욱 굵어졌다.
 "내 이미 진즉부터 알고 있었다! 철없는 수좌들이 이 선방 저 선방 들락거리면서 우리 노스님이 파계를 했느니, 그래서 아들을 두었으니, 그 때문에 이름없는 암자에 숨어 지낸다느니, 그런데도 효봉은 왜 은사를 바꾸지 않는지 하며…… 너도 그런 소리 모두 들었으렷다?"
 "······예."
 일관사미는 움찔하면서 마지못해 대답했다.
 "망할 녀석들! 내 이런 못된 녀석들을 당장 선방에서 내쫓아야겠다!"
 "아, 아니옵니다, 스님. 아니옵니다요······."
 효봉스님은 당장에라도 도솔암으로 내려갈 기세였다. 일관사미는 무서웠다. 큰스님이 저토록 크게 노하는 모습을 본 적이 없었다. 그러나 일관사미는 정신을 가다듬고 효봉스님의 옷자락을 붙들었다.
 "스님, 스님, 지금 선방에 있는 수좌들이 그런 게 아니랍니다요, 스님."
 "그럼 대체 어떤 녀석들이 그런 못된 입방아를 찧고 다니더란 말이냐?"
"엊그제 선방을 떠난 수좌가 그런 소리를 하고 가더랍니다요."
"못된 녀석들 같으니라구……."
"고정하십시오, 스님."
"망할 녀석들 같으니라구……."
"스님, 제가 잘못했습니다요."
일관사미는 간신히 위기를 넘겼다. 효봉스님이 당장 도솔암으로 뛰쳐 내려가는 것은 막은 셈이었다. 효봉스님은 자리에 우뚝 선 채로 이번에는 일관사미의 눈을 꿰뚫듯 바라보면서 말했다.
"일관이, 너도 명심해야 한다!"
"예, 스님."
"남의 칭찬이라면 모를 일이로되 남의 험담을 옮기고 다니는 것은 사내대장부가 할 짓이 아니다."
"예, 스님."
"우리 노스님께서는 한 번 실수를 하셨다. 그것은 사실이다. 그래서 아들을 하나 두셨지. 그리고 그 아드님은 오래전에 출가득도해서 중이 되었어."
효봉스님은 한 숨 돌리고 나서 담담하게 말했다.
"예, 그러셨군요……."
"사람의 실수만 보고, 도를 보지 못하는 녀석들이 험담을 늘어놓

고 다닌다. 일관이 너 같으면 어찌 하겠느냐?"

갑작스런 질문에 일관사미는 눈을 동그랗게 떴다.

"예에?"

"자기 아버지가 실수를 한 번 했다고 해서 아버지를 바꾸겠느냐?"

"……그야, 바꿀 수 없는 일 아니겠습니까요, 스님?"

"자기 아버시가 행세를 힐 적에는 아버지라 하고, 실수를 해서 곤경에 빠지면 아버지가 아니라고 손을 내젓고 있으니, 이게 대체 올바른 세상이라고 할 수 있겠느냐?"

"……."

일관사미는 차마 대답을 못하고 있었다. 일관사미를 향한 것은 아니지만 효봉스님의 꾸지람은 계속됐다.

"스승을 바꾸고 은사를 바꾸는 것은 제 아버지를 바꾸고 조상을 바꾸는 것과 같은 것이야, 알겠느냐?"

"예, 스님. 명심하겠습니다."

효봉스님은 남의 험담 하는 것을 가장 싫어했다. 스님 또한 아무리 화가 나더라도 〈망할 놈의 자식들……〉이라고 혀를 끌끌 차는 게 가장 큰 욕이였다. 한번은 웬 젊은 수좌가 찾아와서 남의 험담을 늘어지게 펼치고 있었다.

"……그러니까 말씀입니다요, 스님. 그자야말로 우리 불교계에서 당장 내쫓아야하는 그런 족속입니다요. 세상에 글쎄, 술 마시지, 계집질하지…… 그게 어디 청정비구라고 할 수 있겠습니까요, 스님?"
 잠자코 듣고 있던 효봉스님은 천천히 입을 열었다. 찾아온 수좌는 아직도 할 말이 많이 남아있는 것 같았다.
 "그러니까 술 마시는 건 나쁜 짓이라, 이런 말이렷다?"
 "그렇지요, 스님."
 "계집질하는 것도 나쁜 짓이다, 이런 말이렷다?"
 "그렇습지요, 스님!"
 젊은 수좌는 맞장구를 쳤다.
 "그러면 남의 험담을 하고 다니는 것은 좋은 일이던가? 나쁜 일이던가?"
 "그, 그거야, 스님……."
 맞장구를 치던 젊은 수좌의 얼굴이 이내 빨갛게 상기되기 시작했다. 효봉스님은 더 가까이 다가앉으며 다시 물었다.
 "남의 험담을 하고 다니는 것은 좋은 일인가, 나쁜 일인가? 어서 말해봐!"
 "그, 글쎄. 그건 말씀입니다요, 스님……."
 "이것 봐!"
 효봉스님은 버럭 소리를 질렀다.

"예, 스님."

"나쁜 짓을 보고, 나쁜 짓인줄 알았으면 너나 잘하면 돼! 어째서 너 잘할 생각은 아니하고 남의 험담만 옮기고 다니느냔 말야! 응? 왜!"

효봉스님의 호통이 떨어지자, 젊은 수좌는 더 이상 입을 열 엄두를 못내고 있었다.

"……."

"너나 잘해라! 너나 잘해! 제발……!"

그리고 나서 효봉스님은 문 밖에 대고 일관사미를 크게 부르며 일렀다.

"어서 문열어 줘라! 이 사람 나가게!"

일관사미도, 찾아온 젊은 수좌도 아무 말이 없었다. 그저 문이 열리고 닫혔을 뿐, 발자국 소리도 들리지 않았다. 남의 잘못을 들추는 사람, 험담을 늘어놓거나 남의 약점만을 떠들고 다니는 사람에게는 여지없이 〈너나 잘해라!〉하고 호통을 치면서 내쫓았다. 한때 도솔암에서는 효봉스님을 가리켜 '너나 잘해라 스님'으로 부르기도 했다. 그 뿐만이 아니었다. 효봉스님의 가르침은 언제나 엄격했고, 가르침에 있어서는 조그마한 행동도 놓치지 않았다. 특히 참선 깨나 했다는 수좌가 아만심(我慢心)에 가득차서 보란듯이 행동을 하고 다니면 여지없이 혼을 내주곤 했다.

"……여보게, 자네."
"저 말씀이옵니까, 조실스님?"
 두 눈을 늘 크게 치켜뜨고 다니는 수좌가 있었다. 그는 좀처럼 시선을 아래로 내리까는 법이 없었다.
 "자네는 무슨 까닭으로 그렇게 두 눈을 항상 치켜뜨고 다니시는가?"
 "예, 저는 입선시에나 방선시에나 항상 화두를 들고 있느라고 그렇습니다요."
 "입선시에나 방선시에나 항상 화두를 들고 있느라고 두 눈을 치켜뜬다?"
 "그렇습니다요, 조실스님."
 순간, 효봉스님은 손에 든 죽비로 수좌의 어깻죽지를 내리쳤다.
 따악!
 "화두는 마음으로 들어야지, 두 눈을 치켜뜨면 십 년 참선을 했다한들 아무 소용이 없어!"
 죽비소리와 효봉스님의 사자후(獅子吼)가 통영(統營) 용화산 도솔암 토굴을 울리고 있을 즈음, 효봉스님이 정성을 다해 모시던 석두 노스님은 마침내 이승의 옷을 벗고야 말았다. 효봉스님은 그의 제자들과 함께 장중하게 다비를 올렸다. 1954년 음력 4월 스무나흘날의 일이었다. 열반에 드신 노스님의 다비식을 끝마치고 효봉

　스님은 제자들을 모아놓고 일렀다.
　"노화상께서는 이제 육신의 옷을 벗으시고 열반에 드셨거니와, 그동안 그대들이 내 대신 효성을 다해 주었으니 고맙기 그지 없구나."
　"아니옵니다, 스님. 이렇게 일찍 가실줄 알았으면 좀 더 극진히 모셨어야 했는데 정성이 모자랐던 점, 죄스럽사옵니다, 스님……."
　구산스님은 스승 앞에 엎드러 참회하고 있었다. 스승을 여읜 슬픔이 채 가시지 않은 듯 효봉스님은 떨리는 손으로 구산을 일으켜 세웠다.
　"아니야. 그대들이 기울인 정성과 효심, 어느 속가의 자식들이 그만할 수 있었겠는가, 정말 수고가 많았느니라……."
　이번에는 원명수좌가 머리를 조아렸다.
　"아니옵니다, 조실스님, 저희들은 조실스님의 효심에 감복하와 배운 바가 많을 뿐, 지금 생각하니 부끄럽기 짝이 없사옵니다."
　"부처님께서 이르시기를 두두물물(頭頭物物)이 모두 불성(佛性)이 있다고 하셨으되 오직 사람만이 지니고 있는 것은 바로 효심(孝心)이니, 사람은 누구나 이 효심을 지녀 사람다운 사람이 되어야 할 것이야……."
　"예, 스님. 명심하겠습니다."
　구산과 원명, 두 수좌는 엎드려 일어설줄 몰랐다. 장중한 범종소리가 울려퍼지고 있었다. 효봉스님도 그 범종소리를 따라 열반에 드신 스승을 생각하는지, 지그시 두 눈을 감고 한참동안이나 그대로 앉아 있었다.

15
불교정화에 나서다

　석두화상(石頭和尙)이 열반에 드셨을 때, 효봉스님의 세속 나이는 예순 일곱이었다. 스승에 대한 효봉스님의 극진한 효성은 그의 제자들에게도 그대로 이어져, 구산스님 또한 남다른 정성으로 스승을 받들었다.

　구산스님은 은사인 효봉스님이 몇 년 째 토굴에 묻혀 지내는 것이 늘 마음에 걸렸다. 스승의 부탁에 따라 갑자기 세우느라고 방이 너무 좁았고 공양간도 제대로 갖추지 못한 상태였다. 말 그대로 토굴(土窟)이었다. 마침내 구산은 용화산 등성이 너머 산세가 수려한 곳을 골라, 스스로 미륵산(彌勒山)이라 이름하고 그곳에 새로이 절 한 칸을 짓기 시작했다. 1954년 여름에 창건된 미래사(未來寺)의 첫 출발이었다.

이후 효봉스님은 거처를 옮겨 미래사에서 무자 화두를 들고 흡족한 나날을 보내고 있었다. 여전히 시봉은 일관사미가 맡고 있었다. 하루는 일관수좌가 방으로 들어서면서 말했다.
"스님, 스님께 서울에서 편지가 왔사옵니다."
"……서울에서 누가 왔다구?"
"아니옵니다, 스님. 서찰이 왔다구요, 스님. 서찰이요."
"무슨 서찰인지 어디 보자꾸나."
효봉스님은 시자가 올린 편지를 뜯어보고 나서 두 눈을 크게 떴다. 저으기 놀라는 눈치였다. 그리고는 다시 편지를 접었다 펴면서 일렀다.
"허허, 이거, 이러고 있을 때가 아니로구나……. 너는 어서 가서 구산을 불러오너라!"
"구산스님을 불러 오라구요, 스님?"
"그래."
"무슨 편지길래 그러시옵니까, 스님?"
"너도 차츰 알게 될 터이니, 어서 가서 불러오래두 그래!"
궁금한 일관수좌가 자꾸 물었으나, 효봉스님은 더 이상 설명을 붙이지 않았다. 부름을 받은 구산스님이 곧 당도했다.
"부르셨사옵니까, 스님?"
효봉스님은 구산수좌의 문안인사를 받고 나서 말문을 열었다. 다

소 긴장된 목소리였다.
"그래, 서울에서 연락이 왔는데……, 불교정화운동을 벌이자는 게야!"
"불교정화 운동이라면……?"
"그래, 왜정 36년 동안에 왜색으로 물들어버린 우리 불교를 정화하자는 것이니 바로 서울로 올라가야겠어."
"그럼 스님, 제가 모시고 가도록 하겠습니다."
구산은 스승의 뜻을 금방 알아차렸다. 옆에 있던 일관수좌가 놀라며 물었다.
"아니 스님, 그럼 오늘 당장 서울로 올라가시게요?"
"그래, 일관이 너도 함께 가야할 것이니 어서 서둘러 짐을 챙기도록 해라!"
"저두요, 스님?"
"어서 서두르래도 그래!"
일관수좌는 갑자기 바빠졌다. 곧바로 바랑을 챙겨 서울길에 올랐다. 효봉스님의 얼굴에는 잔잔히 감도는 빛과 함께 긴장이 흐르는 듯했다. 구산수좌의 표정 또한 평소와는 달리 가벼운 긴장을 느낄 수 있었다.
1954년부터 본격적으로 시작된 불교정화운동은 곡절도 많고 사연도 많았다. 36년간의 일제 강점기와 동란을 겪으면서 피폐된 불교계를 바로 일으켜 세우기란 여간 어려운 일이 아니었다. 그에따른 부작용도 많았으나, 이때 불교정화 운동에 앞장선 인물들이 바로 효봉스님을 비롯한 동산(東山), 청담(青潭), 금오(金烏)스님 등이었다. 효봉스님을 비롯한 큰스님들이 서울 안국동 선학원(禪學院)에 머물면서 불교정화 운동을 이끌고 있던 무렵이었다. 밖에 나갔던 일관수좌가 숨을 헐떡이며 들어왔다.

"스님, 스님, 큰일났습니다, 스님!"

"대체 무슨 일이 일어났더란 말이냐?"

일관수좌는 금방이라도 숨이 넘어갈 듯했다. 억지로 호흡을 고르고 나서 간신히 말을 이어갔다.

"예, 스님. 우리 비구스님이 교단정화를 외치며 할복을 했습니다요, 스님!"

"무엇이? 하, 할복을 했다구?"

효봉스님은 깜짝 놀랐다. 상황이 심상치 않다는 생각은 늘 하고 있었지만 비구스님이 할복을 하리라고는 예상하지 않고 있었다. 숨을 헐떡이는 일관수좌가 아뢸 말은 또 있었다.

"……그리구요, 스님. 구산 사형(師兄)께서 손가락을 자르고 혈서를 쓰셨답니다요! ……예!"

"무엇이! 구산이가 혈서를 썼어?"

　왜색(倭色)을 몰아내고 청정교단(清浄教團)을 수립하고자 하는 불교정화운동이 계속되는 가운데, 안국동 선학원에 머물고 있던 효봉스님은 또 한 명의 눈푸른 납자(衲子)를 만나게 되었다. 바로 법정(法頂)스님이었다. 효봉스님을 만나기 전까지의 그는 고뇌와 방황으로 한 시절을 보낸, 피가 뜨거운 청년이었다. 한반도의 서남단의 해남에서 태어나 목포의 유달산 자락에서 꿈을 키워온 젊은이이기도 했다.

　그의 나이 스물 네 살 때, 마침내 그는 입산출가를 결심하고, 싸락눈이 내리던 날 집을 나섰다. 집을 나온 그는 고향으로부터 멀리 떨어진 오대산으로 들어가기 위해 밤차로 서울에 내렸다. 그러나 오대산까지는 가지 못했다. 며칠 전에 내린 폭설로 교통이 두절되었기 때문이었다. 오대산에 오르는 길을 포기하고 나서, 그는 한 스님의 소개로 선학원에 머물고 있던 효봉스님을 친견하게 되었던 것이다. 효봉스님은 젊은이의 결심을 듣고 나서 흔쾌히 출가를 허락했다. 젊은이는 그 길로 옆방에서 삭발을 하고 옷을 갈아입은 다음, 효봉스님에게 다시 인사를 올렸다. 효봉스님은 그를 얼른 알아보지 못하고 한참동안이나 고개를 갸우뚱거렸다.

　"……누구시던가?"

　"조금전에 스님께서 출가를 허락하신 그 전라도 젊은이옵니다, 스님."

"어, 허허, 그렇던가? 이렇게 머리 깎고 먹물옷 입혀 놓으니까 아주 구참같구먼 그래, 응? 허허허허……."

먹물옷으로 갈아입은 젊은이는 뛸듯이 기뻐했다. 이후 효봉스님은 법정(法頂) 수좌를 아끼며 늘 가까이서 지도했다.

불교정화운동이 우여곡절 끝에 마무리 되어가던 1955년 음력 칠월 보름, 여름 안거가 끝나는 날이었다. 효봉스님은 통영 미륵산 미래사에서 법정에게 사미계(沙彌戒)를 내렸다. 그리고 나서 며칠 후 시봉을 불렀다.

"이것 보아라, 일관아."

"예, 스님."

"누군가가 나를 찾거든 어디로 갔는지 모른다고 대답해라."

"아니, 스님. 어디로 가시게요?"

"구산이 하고 너만 알고 있어야 한다. 지리산 쌍계사에 가 있을 것이야."

"스님 혼자 가시옵니까?"

"아니다. 새로 중된 법정이를 데리고 갈 것이니 그리 알고 있거라."

효봉스님은 새로 출가득도한 제자 법정과 함께 지리산 쌍계사 탑전에 묻혀 지내면서 다시금 참선삼매에 몰입했다. 그러던 어느 날이었다. 법정수좌는 찬거리를 구하기 위해 마을에 내려갔는데, 공

양 지을 시간을 그만 놓치고 말았다. 길어야 십 분 정도 늦은 시각이었다. 법정은 서둘러 공양 지을 채비를 했다.
"얘, 법정아!"
"예, 스님."
"오늘은 공양을 짓지 말아라."
"아니 스님, 공양을 짓지 말라니요?"
"오늘은 단식이다!"
"예에? 단식이라니요, 스님?"
"오늘은 굶을 것인즉 그리 알아라! 수행자가 시간관념이 그렇게 없어서야 되겠느냐?"

효봉스님은 역정을 내거나 언성을 높이지 않고 오히려 차분히 읊조리듯 말했다. 하지만 그런 때일수록 법정에게는 섬뜩하리만치 무서운 가르침으로 다가왔다.

"출가 수행자는 무엇이든 아끼고 덜 쓰고, 덜 먹고, 안 가져야 하는 것이니, 수도하는 사람은 가난하게 사는 것이 곧 부자살림인 게야."

효봉스님은 제자들을 가르치는 데 있어 언제나 엄격했다. 한 치의 오차도 용납하지 않았다. 어쩌다 우물가에 쌀 한 톨을 흘려도 야단을 쳤고, 촛불을 켜놓고 공부할 때에도 초심지가 타서 내려앉기 전에는 갈아 끼우지 못하게 했다. 엄격한 가르침은 법성수좌에게도 예외가 될 수 없었다.

　1956년 11월, 효봉스님은 동산스님, 청담스님과 함께 네팔에서 개최된 제4차 세계불교도회의에 참가했다. 해외여행에서 돌아오자마자 제자 일관수좌를 불러 앉히고는 말했다.

　"애, 일관아."

　"예, 스님."

　"이제는 우리 불교계도 우물안 신세를 벗어나서 세계 여러나라의 불교계와 교류를 해야할 것이야."

　"예, 스님."

　"헌데 이번에 우리 늙은 중 셋이서 인도에 갔다가 죽을 고생을 겪었다. 말이 도무지 통하지 않아서 말이다. 통역을 맡은 녀석이 행방을 감춰버리고 나니 눈이 있어도 제대로 볼 수가 있나, 입이 있으되 말이 통하기를 하나, 여러나라 사람들이 쏼라 쏼라 서양말만 해대는 통에…… 원."

　일관수좌는 쿡쿡 웃어댔다.

　"허허, 웃기는 이 녀석아, 이제와서 얘기하자니까 웃음이 나온다마는 그때는 정말 진땀을 흘렸느니라……. 다행히 서양말 잘하는 일본사람을 만나서 두루두루 가볼 곳은 다 돌아보고 왔다만, 이거 우리가 이러고 있을 때가 아니라고 생각했다. 그래서 말인데, 일관이 너 말이다……."

"예, 스님."

"너 이번에 대학교에 보내줄 테니 대학 가거라."

해외여행에 나섰던 효봉, 동산, 청담 세 노장스님들은 통역으로 함께 갔던 사람이 인도에서 행방을 감추는 바람에 곤욕을 치렀고, 그때 충격을 받아 제자들을 대학에 진학시켜 국제교류에 대비하기로 뜻을 모았던 것이다. 뜻밖에 효봉스님의 권유를 받은 일관수좌는 놀랄 수밖에 없었다.

"예에? 저더러 대학에 가라구요?"

"그래…… 종립 동국대학교 불교학과에 보내줄 테니 서양말도 배우고 서양학문도 배우고, 그렇게 해야 할 것이야."

"허, 허지만 스님……."

일관수좌는 가느다랗게 한숨을 뿜으며 스승을 쳐다보았다.

"왜, 대학에 가기 싫단 말이냐?"

"아, 아니옵니다. 스님, 실은 그게 아니구요……."

"그럼 무엇 때문에 토를 달고 그러느냐?"

일관수좌가 대학진학을 주저하는 것은 결코 아니었다. 그에게는 우선 많은 학비가 걱정되었고, 진학을 한다하더라도 하숙비가 또한 만만치 않았다. 일관수좌의 속마음을 알아차린 효봉스님은 빙긋 웃으며 입을 열었다.

"일관이 네가 입학시험에 합격만 하면 네 학비 대줄 사람은 정해져 있느니라."

"정말이시옵니까요, 스님?"

"서울 한복판 광화문에 있는 가장 큰 극장 알지?"

"광화문에 제일 큰 극장이라면 국제극장 말씀이십니까요?"

"그래, 그 극장주인 김법련화 보살이 일관이 네 학비는 책임지기로 했느니라."

"아니, 그, 법련화 보살님이요?"

"그러니 일관이 너는 지금부터 일구월심 공부만 열심히 하면 될 것이니라, 내 말 알아들었느냐?"

"예, 스님. 감사하옵니다, 감사하옵니다."

일관수좌는 스승의 뜻을 받들어 대학에 진학하게 되었다.

계(戒)·정(定)·혜(慧) 삼학(三學)을 수행이념으로 삼아 언제나 무자화두를 들고 계시던 효봉스님은 번거로운 세속에 나가기를 꺼려했다. 그러나 불교정화 운동을 위해서만은 서울에 올라와 종회의장을 맡았고, 1957년에는 총무원장의 직무를 수행했다. 1958년 2월에 종정(宗正)으로 있던 석우대선사가 열반에 드시자, 효봉스님은 종정으로 추대되었다.

종정으로 추대된 효봉스님은 여름 한 철을 양주 홍국사에서 보내고, 그 다음에는 대구 팔공산 동화사(桐華寺) 금당에서 후학들을 지도하느라 여념이 없었다.

16
살아도 산 것이 아니요,
죽어도 죽은 것이 아닌 게야

딱! 딱! 딱!
날카로운 죽비소리가 선방의 학인들을 깨우고 있었다.

"오늘이 반살림인데 어찌하여 반살림인가? 90일이 반이라고 하는 사람은 문안으로 들어오고 45일이 반이라 하는 사람은 문밖으로 나가라. 공부가 안 되는 것은 머리 때문이니 머리를 베어 나에게 맡기라. 잘 간직해 두었다가 칠통이 타파된 뒤에 돌려 주리라……."

다시, 효봉스님은 대중들을 모아놓고 법좌에 올라 주장자로 법상을 세 번 쳤다.

쿵! 쿵! 쿵!

"오늘은 결제일이다. 동화사 뿐만아니라 천하 총림이 오늘 모두 그러하니 발심해서 하는 결제냐, 그저 의례적으로 하는 결제더냐? 발심자(發心者)라도 삼십방을 내릴 것인데 하물며 의례적으로 하는 자는 일러 무엇하리오! 그는 바로 밥도둑이니라! 고인이 말씀하시기를 이와 같은 하근의 무리는 설혹 죽여버릴지라도 죄과가 없다고 하였으니 대중은 깨닫고 또 깨달으라! 천지의 만물가운데서 사람이 가장 귀한 존재인데 어찌 물결을 따라 흐르다가 죽을 것인가! 이 여름 동안에 간절히 구하여 일대사 인연을 마쳐야 할 것이니라!

맺고 풀 것 없음이 참으로 내 일인데 부처와 조사가 내게 무슨 상관이랴.

홀로 높은 다락에 올라
봄 잠이 넉넉하니
부질없이 앉아서
자고새 울음소리를 듣노라······."

효봉스님은 좌우 대중을 둘러보고는 다시 주장자로 법상을 세 번 치고 나서 법좌를 물러났다. 대구 팔공산 동화사의 죽비소리와 주장자 소리는 잠시도 쉬지않고 학인들을 깨우고 있었다. 준엄하게

꾸짖는 할(喝)이었다.

효봉스님이 종정으로 계실 때의 일이었다. 보성수좌가 합장배례한 뒤 아뢰었다.
"경무대에서 초청장이 왔사옵니다, 스님."
"경무대에서 초청장이……?"
"예, 스님. 이승만대통령의 생신이라 하옵니다."
"대통령의 생신이라……."
"참석하실 것인지 못하실 것인지 미리 회답을 달라고 하는데 어찌 대답할까요, 스님?"
"초대를 받았으면 참석하는 것이 도리일 것이니라."
효봉스님은 이승만 대통령의 생일날 경무대로 갔다. 백발의 이대통령 또한 노구의 몸이었다. 효봉스님이 먼저 인사말을 건넸다.
"대통령의 생신을 축하드립니다."
대통령은 쉽게 효봉스님을 알아 보았다.
"아이구 이거, 우리나라 도인스님께서 친히 와 주셨소이다, 그려. 이쪽으로 앉으시지요……."
이 대통령은 자리를 권하고 나서 계속했다.
"……헌데, 스님의 생신은 언제이신지 나도 꼭 좀 불러주십시오."

"이 늙은 중의 생일을 물으셨습니까?"
효봉스님이 담담한 어조로 물었다.
"예."
"생불생 사불사라…… 살아도 산 것이 아니요 죽어도 죽은 것이 아니거늘, 이 늙은 중에게 무슨 생일이 따로 있겠소이까?"
"생불생 사불사, 생불생 사불사……? 아무튼 우리나라에서 스님 같은 도인이 많이많이 나오게 해 주시오, 허허허."
이 대통령과 효봉스님은 같이 웃었다.
4·19가 나던 해, 효봉스님은 다시 통영(統營) 미륵산 미래사로 내려왔다. 문하의 제자들이 여법하게 수행정진하고 있다는 말을 전해듣고는 여간 흡족한 게 아니었다.
그러던 어느 날이었다.
"노스님께 문안드리옵니다."
용모가 준수하게 생긴 젊은 수좌였다.
"대체 네가 누구던고?"
"예, 광양 백운산에서 노스님 뵈러온 현호가 인사드리겠사옵니다."
"현호라고 했느냐?"
"예. 검은 현(玄)자, 호랑이 호(虎)자, 현호(玄虎)라 하옵니다."

"검은 호랑이라? 대체 네 스님이 누구던고?"

현호(玄虎)수좌는, 광양 백운산의 한 암자에 안거중인 수제자 구산(九山)의 상좌였다.

"구산이가 너를 나한테 보낼 적에는 내 시봉을 들라고 보냈으렷다?"

"……예, 스님."

통영 도솔암 토굴에서부터 줄곧 시봉을 맡아오던 일관수좌가 대학에 진학함에 따라, 효봉스님은 특별히 다른 시자(侍者)를 옆에 두지않고 지냈다. 이러한 사정을 알고 있던 구산스님이 현호수좌를 자신의 은사 곁으로 보냈던 것이다.

"검은 호랑이를 내 곁에 두면 늑대, 여우는 범접을 못할 일이렷다? 응? 허허허허……."

효봉스님은 고개를 뒤로 젖히며 마음껏 웃음을 터뜨렸다.

이듬해 가을, 효봉스님은 여전히 통영 미래사에 머물고 있었다. 구산수좌와 함께 있을 때였다.

"그래, 무슨 일로 형사가 다녀갔다는 말인고?"

구산은 자초지종을 얘기했다.

"예, 저, 일관수좌 말씀입니다요, 박완일이요……."

"일관이? 아니 그 아이가 무엇을 어쨌길래?"

"대학을 다니면서 속퇴한 후 불교대중화 운동을 벌이지 않았습니까요?"
 "그래, 그 얘기는 나도 들어서 알고 있다."
 "그런데 최근에는 혁신계 운동을 벌이다가 군사혁명이 일어나자 체포령이 내렸답니다요."
 "아니 그럼, 그 아이가 지금 도망다니는 처지란 말이던가?"
 "이곳에 찾아올지 모르니 나타나면 즉각 경찰서에 신고하라는 당부였습니다, 스님."
 "박완일이가 여기 나타나면 경찰서에 고발해라……?"
 "예."
 "원 저런, 망할 녀석을 보았는가?"
 "……누구, 말씀이십니까요, 스님?"
 "그건 자네가 알 일이 아니네!"
 일관수좌를 꾸짖는 소리는 아닌 것 같았다. 그런데 바로 그 다음날이었다. 지명수배중인 박완일이 미래사로 효봉스님을 찾아왔다.
 "스님, 일관이가 인사드리옵니다."
 머리가 길게 자란 박완일은 효봉스님 앞에 삼배(三拜)를 올리고 나서 무릎을 꿇고 앉았다.
 "그래, 내 너, 나한테 올줄 알았다. 혁신계 운동을 하다가 도망다니는 신세가 됐다구?"
 "……죄송하옵니다, 스님."

"당분간은 어디 갈 생각말고 내 방에 숨어 지내도록 해라."
"아니옵니다, 스님. 곧바로 피신을 해야 하옵니다."
"허허, 쓸데없는 소리! 내가 숨겨줄 테니 여기 있도록 해!"
"감사하옵니다. 스님, 감사하옵니다."

박완일은 참고 있던 울음을 끝내 터뜨리고 말았다. 효봉스님은 들썩거리는 박완일의 어깨를 토닥거려 주었다. 그리고 그 다음날이었다. 효봉스님은 손상좌에게 특별히 분부하여 칼국수 두 그릇을 만들어 오도록 했다.

"완일이 너, 칼국수를 썩 좋아했었지? 자, 어서 들자꾸나."
"스님께서는 아직도 이렇게 칼국수를 좋아하십니까요?"

효봉스님은 대답대신 다정한 목소리로 이름을 불렀다.

"완일아."
"예, 스님."
"너 이 녀석, 도망질 다니느라고 날짜 가는줄도 모르고 있었구나."
"무슨…… 말씀이신지요, 스님?"
"아, 인석아! 오늘이 음력으로 팔월 초하루, 바로 완일이 너 귀빠진 날 아니더냐."
"예에? 오늘이 제 생일이라구요?"

박완일은 잠시 멍했다. 날짜를 짚어보는 모양이었다.

"그래, 그래서 칼국수를 해오라고 그랬다. 어서 먹어라."
박완일은 또 한번 울음을 터뜨리며 눈물젖은 칼국수를 삼켰다.

효봉스님은 다시 통합불교종단의 종정으로 추대되어 팔공산 동화사에 머물다가, 1966년 5월 14일에는 거처를 밀양 표충사(表忠寺) 서래각으로 옮겼다. 이때 효봉(曉峰)의 세속 나이는 일흔 아홉이었다. 건강이 하루가 다르게 기울고 있었다. 바로 그 해, 그러니까 1966년 9월 29일자 조선일보에는 '병상의 효봉스님'이라는 안타까운 기사가 크게 실렸다. 이 보도가 나간 지 나흘이 지나서 표충사에는 충격적인 한 통의 편지가 배달되었다. 편지를 받은 것은 보성수좌였다.
"여보시게, 현호?"
"예, 스님. 왜 그러십니까?"
보성수좌는 놀란 낯빛으로 편지를 내밀며 말했다.
"이 편지를 좀 보시게. 효봉노스님의 손자가 보낸 편지같네."
"예에? 효봉스님의 손자라니요?"
현호수좌는 급히 편지를 읽어내려 갔다.

〈생면부지의 사람으로부터 서신을 받게되어 의아하게 생각하실 것입니다. 조선일보에 보도된 '병상의 효봉스님'을 읽고 소생의 조

부님과 일치하는 점이 있어 문의하오니 다음 사실을 확인하여 주시기 바라옵니다.

첫째, 효봉스님께서 43년 전에 두고 떠났다는 두 아들의 이름은 장남이 이영발, 차남이 이영실이 아닌지.

둘째, 본관이 황해도 수안 이씨인데 맞으시는지.

셋째, 효봉스님의 아버님 함자가 이병억 씨 아니신지.

넷째, 효봉스님의 속명은 이잔형 씨가 아니신지.

다섯째, 효봉스님의 옛 부인, 그러니까 소생의 조모님 성함이 박현이온데 맞으시는지.

그리고, 평양복심법원에 근무하셨다는 것도 일치하오니 속히 확인하여 연락주시기를 간절히 바라옵니다. 이인목 올림.〉

편지를 읽고 난 현호수좌는 보성스님을 바라보았다.

"아니 그럼, 노스님의 자손들이 서울에 살아있다는 얘기 아닙니까요?"

"이러고 있을 때가 아니네, 이 편지를 보니 틀림없는 자손이야……."

보성스님은 급히 편지 겉봉의 주소지를 찾아 서울로 올라갔다. 그리고 현호상좌가 효봉스님께 여쭈었다.

"노스님, 노스님."

"왜 그러느냐, 호랑아······."
"저······ 노스님 세속 본명이 찬자, 형자, 찬형이시지요?"
"무엇이라구? 찬형이?"
자리에 누워있던 효봉스님은 깜짝 놀랐다.
"노스님 큰아들 이름은 영발이, 둘째 아들은 영실이 맞지요, 스님?"
"아니, 너 이놈! 네, 네가, 그, 그것을 어찌 알고 있는고?"
또 한번 놀란 효봉스님은 자리에서 일어나려 했으나, 몸이 제대로 움직여주지 않았다.
 정말 기막힐 노릇이었다. 효봉스님은 출가이후 단 한 번도 본명과 본적, 주소, 가족에 대해서는 사실대로 밝힌 적이 없었다. 그런데 신문기사를 보고 날아든 편지 한 통 때문에 모든 것이 밝혀지게 된 것이다. 효봉스님은 첫닭 우는 소리를 들으며 집을 떠난 지 실로 43년 만에야 본명이 이찬형(李燦亨)이라는 것을 실토하게 되었다.
 현호수좌의 물음에 효봉스님은 떨리는 목소리로 말했다.
"그, 그래······ 내 속명은 찬형이었다. 그, 그런데 내 아들 영발이, 영실이 이름을 네, 네 놈이 대체 어찌 아느냐?"
 현호수좌는 안심이 되었다. 서울에 올라간 보성스님의 발길이 헛걸음이 아니어서 그랬고, 무엇보다도 효봉노스님이 속가의 가족들

을 만나게 된다는 점이 기뻤다.
"이젠 되었습니다, 노스님. 이젠 되었다구요, 노스님."
"아, 인석아! 대체 네 놈이 그런 걸 다 어디서 들었느냔 말이다."
"노스님 손자가 서울에 살고 있습니다요, 스님."
"무엇이라구? 내 손자가 서울에 살아있어?"
또 한번 깜짝 놀라자, 옆에 있던 구산이 효봉스님의 손을 꼬옥 잡으며 말했다.
"예, 스님. 보성이 데리러 갔으니 곧 데리고 내려올 것입니다, 스님."
"아니, 이것들이 대체…… 무슨, 소리들을 하고 있는 게냐. 내게 무, 무슨 손자가 있다고들 그래……."
"스님의 큰 아드님이신 영발 씨의 아들이 지금 서울에 살고 있다고 연락이 와서 보성이가 데리러 갔습니다, 스님."
구산스님이 또박또박 말을 마치자, 효봉스님은 눈을 꿈벅거리며 나즈막히 읊조렸다.
"……영발이, 그 영발이 자식이 서울에 살고 있다……?"
"예, 스님. 조그만 더 기다리시면 곧 만나게 되실 겁니다요."
"나무관세음보살…… 나무관세음보살……."
현호수좌가 말을 계속 하려고 했으나, 효봉스님은 어느새 두 눈을 감고 관세음보살을 부르고 있었다.
 마침내 효봉스님이 손자인 이인목과 손자며느리, 그리고 증손자를 만난 것은 1966년 10월 11일, 밀양 표충사 서래각에서였다.
 "할아버지, 할아버지."
 "……그래……네가 영, 영발이 자식이라구! 그럼 네 에비는 어찌 되었느냐? 네 에비는……."
 "예, 아버님은 지금 일본에 가 계십니다."
 "그, 그래……?"
 "할머님께서는 그동안 전라도 광주에서 사시다가 3년 전에 작고하셨습니다요."
 "광주에서 살다가 세상을 떴다구?"
 "예에."
 "나무관세음보살……, 나무관세음보살……."
 속가의 부인과 자식들은 해방 후 월남을 해서 송광사에서 멀지않은 광주에서 살다가 3년 전에 옛부인이 세상을 떠났다는 것이었으니, 한 하늘 밑에서 살아 있으면서도 만날 수 없었고 보면 참으로 기구한 사연이었다.
 효봉스님은 손자와 손자며느리, 그리고 증손자를 만나고 나서 더더욱 인생무상을 절감했던 탓인지, 자리에 누운 채 한 손에 호도알 두 개를 굴리며 부쩍 열심히 무자 화두를 들고 있었다.

"무(無)라, 무라, 무라……."
"스님, 이제 곧 아드님도 만나시게 될 테니 기력을 찾으셔야지요."
효봉스님은 가볍게 고개를 저었다.
"……아니야, 이제 가야겠어……."
"정말 가시렵니까, 스님?"
"……그래, 나도 그대도 때가 되면 누구나 가야되는 게야."
효봉스님의 기력은 완연히 쇠락해 있었다. 구산스님은 울음을 참으며 떨리는 목소리로 말했다.
"가시려면 한 말씀 남기셔야지요, 스님?"
"……나는 군더더기 소리 안 하고 갈란다."
효봉스님은 입속으로 나직히 열반송을 읊었다.

내가 말한 모든 법
그거 다 군더더기
누가 오늘 일을 묻는가
달이 일천강에 비치리.

손자와 극적으로 상봉한 지 닷새째 되던 날, 1966년 10월 15일 새벽이었다.

"애, 나 좀 일으켜다오."
"예, 스님."
현호수좌의 부축으로 간신히 자리에서 일어난 효봉스님은 평소에 정진하던 자세로 반듯이 앉았다. 그리고는 일렀다.
"나…… 오늘 갈란다."
효봉스님은 다시 손에 쥔 호도알을 천천히 굴리기 시작했다. 호도알을 굴리면서도 입술은 무자화두를 놓치지 않고 있었다.
"……무(無)라, 무라…… 무라……."
가늘게 새어나오던 무자화두는 이제 그치고 입술만 가볍게 떨리고 있었다. 어느덧 날이 밝아 해는 동산에 솟아 있었다.
또륵, 똑!
마지막 호도알 굴리는 소리가 멈추었다.
1966년 10월 15일, 음력으로는 9월 초 이틀 오전 10시, 효봉스님은 앉으신 그대로 열반에 들었으니, 이때 효봉대선사(曉峰大禪師)의 세속 나이 일흔 아홉이요, 법랍(法臘) 마흔 둘이었다.
제자 구산은 스승의 열반을 슬퍼하며 조시(弔詩)를 지어 바쳤다.

오늘 아침 한 조각 구름
서쪽으로 날으더니

굴리던 염주소리 문득 끊어지고
티끌 속 팔십 년 인연
그 인연 다해 가시는구려.

마지막 다만 한 마디
'무'라는 말씀 남겨놓고
가부좌 하신 채로 어디로 가시는고
천지에 바람소리만 불어오고 불어갑니다.